Die drei ???®

# Die drei ???®

# und das blaue Biest

erzählt von Hendrik Buchna

Kosmos

Umschlagillustration von Silvia Christoph, Berlin
Umschlaggestaltung von eStudio Calamar, Girona, auf der Grundlage der Gestaltung von Aiga Rasch (9. Juli 1941 – 24. Dezember 2009)



MIX
Papier aus verantwortungsvollen Quellen
FSC® C014138
FSC
www.fsc.org

Gedruckt auf chlorfrei gebleichtem Papier



Based on characters by Robert Arthur.

ISBN 978-3-440-12700-1
Redaktion: Anja Herre
Lektorat: Michael Kühlen
Produktion: DOPPELPUNKT, Stuttgart
Printed in the Czech Republic/Imprimé en République tchèque

# Die drei ???®
# und das blaue Biest

# Hilferuf von King Kongs Insel

In der Zentrale der drei ??? herrschte an diesem Frühsommernachmittag entspannte Ruhe. Nachdem sie Onkel Titus geholfen hatten, eine umfangreiche Lieferung alter Möbel abzuladen, erholten sich Justus, Peter und Bob bei eisgekühlter Limonade von der anstrengenden Arbeit. Gerade als der Erste Detektiv genüsslich sein Glas an die Lippen setzen wollte, klingelte das Telefon. Leise grummelnd nahm er den Hörer ab und schaltete den Verstärker ein, damit seine Freunde mithören konnten.

»Hier Justus Jonas von den drei Detektiven.«

»Hallo, Justus!«, meldete sich eine freundliche jugendliche Stimme am anderen Ende der Leitung. »Hier ist Andy. Andy Carson, erinnerst du dich noch?«

»Andy – was für eine Überraschung!«, entfuhr es Peter, der sich nur allzu gut an den Fall »Schwarze Katze« erinnerte, den die drei ??? vor längerer Zeit gemeinsam mit Andy gelöst hatten. Damals war es ihnen gelungen, einen gefährlichen Gangster namens Gabbo dingfest zu machen.

Auch Bob war das Erstaunen deutlich anzusehen. »Hi, Andy! Wie schön, mal wieder von dir zu hören!«

»Gleichfalls«, erwiderte Andy leicht irritiert. »Äh … habe ich euch jetzt alle drei in der Leitung?«

»Sozusagen«, bestätigte Justus lächelnd. »Die komplette Besetzung der drei ??? weilt gerade in der Zentrale. Peter und Bob hören per Verstärker mit.«

»Ah, verstehe. Das trifft sich ja prima – meine Bitte richtet sich ohnehin an euch alle.«

»Und die wäre?«, fragte Peter gespannt.

»Das ist nicht ganz einfach. Ihr habt doch bestimmt –«

In diesem Moment zerriss der panische Schrei einer Frau die Luft, gefolgt von einem grauenhaften Brüllen, das die drei Detektive erschrocken zusammenzucken ließ.
»Andy?!«, rief Justus fassungslos. »Was ist denn da los?«
Einige Sekunden lang war nur ein knisterndes Störgeräusch zu hören, dann meldete sich Andy wieder. Er schien in Bewegung zu sein. »Ich Idiot! Hab gar nicht mehr an den verflixten Gorilla gedacht …«
»Den Gorilla??«, fragte Peter ungläubig.
»Ja, genau«, erwiderte Andy außer Atem. »Ich bin hier auf Skull Island und gerade wurde Ann Darrow von King Kong entführt.«
Einen Moment lang herrschte entgeistertes Schweigen. Bob war der Erste, der sich wieder gefasst hatte.
»Äh … geht es dir gut? Hast du dich irgendwo am Kopf gestoßen?«
Andy lachte auf. »Meinem Kopf geht's prima, keine Sorge. Es ist wirklich, wie ich gesagt habe: Da hat gerade die weiße Frau geschrien, weil King Kong sie sich geschnappt hat. Das passiert hier dauernd und ich stand blöderweise direkt neben dem Affen, als es losging.«
»Du … bist also auf der Insel von King Kong und hast ihn … gerade vorbeikommen sehen«, fasste Peter stockend die Situation zusammen.
»Kollegen, ich ahne, um welches Missverständnis es sich hier handelt«, ergriff nun Justus das Wort. »Andy, du befindest dich gerade in irgendeiner *King-Kong*-Show, und während du mit uns telefoniert hast, ist der künstliche Riesenaffe plötzlich in Aktion getreten, stimmt's?«
»Da hast du mal wieder genau richtig kombiniert«, bestätigte Andy. »Alle dreißig Minuten wiederholt sich das Spektakel und ich habe leider nicht mehr daran gedacht, dass es gerade

wieder so weit war. Wegen des Lautsprechergebrülls hat's eine nervige Rückkopplung gegeben, aber jetzt geht's wieder.«
Erleichtert lehnte sich Peter in seinem Sessel zurück. »Da hast du uns aber einen ganz schönen Schrecken eingejagt. Und wo genau bist du jetzt?«
»Das wollte ich ja gerade erzählen, als King Kong mich unterbrochen hat. Ihr habt doch bestimmt schon vom Movie Empire gehört, diesem großen Freizeitpark am Golden State Freeway, kurz vor Glendale.«
Bob nickte. »Klar, die Eröffnung vor ein paar Wochen war ja ein Riesen-Ereignis, das überall in der Zeitung stand.«
»Stimmt«, erwiderte Andy. »Das Movie Empire ist ein riesiger Erlebnispark, der ganz auf Film-Events spezialisiert ist. Natürlich gibt es auch traditionelle Fahrgeschäfte wie Achterbahn, Karussells, Autoscooter und Riesenrad. Aber der Schwerpunkt liegt auf den diversen Shows, bei denen die Darsteller und Stuntmen alle wie Filmstars oder Superhelden kostümiert sind.«
»Soll richtig klasse sein«, fügte Peter an. »Einige unserer Mitschüler haben den Park schon besucht und waren vollkommen begeistert.«
»Wenn ihr meinen Fall übernehmt, könntet ihr euch davon selbst überzeugen«, entgegnete Andy verschmitzt.
»Deinen Fall?«, fragte Justus aufhorchend.
»Ganz genau. Ich würde euch gerne mit der Aufklärung der rätselhaften Vorfälle im Movie Empire beauftragen. Ich arbeite nämlich seit Kurzem hier.«
Verblüfft beugte sich Bob vor. »Dann … bist du nicht mehr beim Zirkus deines Vaters? Oder gibt es den gar nicht mehr?«
Im selben Moment wurde ihm die Zweideutigkeit seiner Frage bewusst und er fügte rasch an: »Ich meinte natürlich den Zirkus und nicht deinen Vater.«

Andy lachte kurz auf. »Keine Sorge – sowohl Dad als auch den Zirkus gibt es noch. Ich soll euch übrigens herzlich grüßen. Eine sehr nette ehemalige Kollegin von ihm, Judy Nigel, ist hier im Park für die Koordination und Sicherheit der Live-Shows verantwortlich. Von ihr habe ich vor einigen Wochen das Angebot bekommen, in den Sommermonaten einen Aushilfsjob anzunehmen. Ich werde in allen Bereichen eingesetzt, von den Fahrgeschäften bis zum großen Souvenirshop. Das alles ist sehr spannend und macht einen Riesenspaß!«
Bob lächelte. »Für ein Verkaufstalent wie dich ist das ja wirklich das ideale Betätigungsfeld. Wenn ich da an deine Sprüche bei der Schießbude denke …«
»Absolut«, stimmte Andy fröhlich zu. »Und auch die Bezahlung kann sich sehen lassen.«
Justus runzelte die Stirn. »Das klingt doch alles wunderbar. Wo ist denn das Problem, bei dem wir dir helfen sollen?«
»Eigentlich ist es nicht *mein* Problem, sondern betrifft den ganzen Park. Seit einigen Tagen verübt irgendein Verrückter immer wieder Sabotage-Anschläge in den verschiedenen Abteilungen des Movie Empire. Bisher hat er die Kulissen einer Superhelden-Show zerstört, die Requisiten bei einem Musical verbrannt, die Kostüme in einem Umkleideraum ruiniert und den Autoscooter sabotiert. Zum Glück ist bis jetzt niemand schwer verletzt worden, aber das kann sich jederzeit ändern.«
Angespannt blickte Peter in die Runde. »Das klingt fast so, als würden sich die damaligen Vorfälle beim Zirkus wiederholen. Der ›Einzigartige Gabbo‹ ist ja ganz ähnlich vorgegangen.«
»Richtig …« Nachdenklich wandte sich Justus an den dritten Detektiv. »Das ist eine Frage für die Abteilung Recherche: Was ist über Gabbos derzeitigen Aufenthaltsort bekannt? Wurde er vielleicht vorzeitig aus der Haft entlassen? Wenn ja, wäre es durchaus denkbar, dass er auf Rache aus ist.«

»Ich kann mir nicht vorstellen, dass er so schnell wieder freigekommen ist«, gab Bob zurück und ging zum Aktenschrank hinüber. Zielsicher holte er den Ordner des Falls hervor und überflog das Protokoll. »Immerhin waren die Anschläge im Carson-Zirkus ja Ablenkungsmanöver zur Verschleierung von einem viel größeren Coup: ein schwerer Banküberfall in San Mateo mit einer Beute von hunderttausend Dollar. Hinzu kommt noch eine frühere Einbruchssache in Ohio, für die er sich ebenfalls verantworten muss.«

»Stimmt«, erwiderte Peter. »Und außerdem würde sich Gabbos Rache doch wahrscheinlich gegen uns oder Mr Carson richten und nicht gegen Andys neuen Arbeitsplatz, oder?«

»Das alles ist schon richtig«, pflichtete Justus bei, setzte aber gleichzeitig seine gefürchtete Lehrermiene auf. »Man sollte jedoch nicht der Fehlannahme erliegen, Kriminelle würden sich stets logisch verhalten. Deshalb schlage ich vor, zunächst per Ausschlussverfahren zu prüfen, ob Gabbo rein hypothetisch überhaupt in der Lage wäre, physische Vergeltungsmaßnahmen gegen seine früheren Widersacher durchzuführen.«

»Mannomann …«, murmelte Peter genervt. »Mal ehrlich: Genauso gut könnte man doch auch sagen: ›Bob, schau mal nach, ob Gabbo noch im Knast sitzt. Wenn ja, ist er nicht der Täter‹!«

»Das könnte man durchaus«, gab Justus schnippisch zu. »Aber uns würde doch allen etwas fehlen, wenn du dich nicht regelmäßig über meine Ausdrucksweise beschweren könntest, stimmt's?«

»Wie ich höre, ist bei euch immer noch alles beim Alten«, stellte Andy schmunzelnd fest.

»Das kannst du laut sagen«, bestätigte Bob grinsend, während er zu seinem Handy griff und sich ans andere Ende des Wohnwagens zurückzog.

»Kommen wir noch mal auf den Saboteur zurück«, lenkte der Erste Detektiv die Aufmerksamkeit wieder auf das eigentliche Thema. »Andy, du hast gesagt, er sei ein Verrückter – was genau hast du damit gemeint?«

»Ach ja, das hatte ich ganz vergessen: Man hat an allen vier Tatorten Umschläge mit seltsamen Nachrichten gefunden.«

»Du meinst Erpresserschreiben?«, fragte Peter.

»Nein«, widersprach Andy, »das waren keine Geldforderungen oder so, sondern vollkommen verrückte Texte, die überhaupt keinen Sinn ergeben.« Er seufzte leise. »Zu allem Überfluss ist gestern angeblich ein blaues Monster im Park gesichtet worden.«

Peter, der sich gerade ein weiteres Glas Limonade einschenken wollte, hielt abrupt inne. »Ein … Monster??«

»Ja, zwei Jungen wollen eine Art gehörntes Ungeheuer gesehen haben, aber vielleicht ist da einfach die Fantasie mit ihnen durchgegangen. Hier im Movie Empire gibt es schließlich unzählige Attraktionen, die das Auge schon mal täuschen können. Viel gravierender als irgendwelche vermeintlichen Monstersichtungen sind aber die Sabotage-Aktionen, die ja zu einem immer größeren Risiko werden.«

In den kommenden Minuten berichtete Andy weitere Details von den Vorfällen, bis Bob wieder zu seinen Freunden trat und sich räusperte. »Leute, jetzt ist es amtlich: Der Einzigartige Gabbo kann die Anschläge nicht begangen haben. Ich habe gerade mit Inspektor Cotta gesprochen, der für mich ein paar Erkundigungen eingeholt hat. Gabbo sitzt immer noch im County-Gefängnis – und wird dort auch noch eine ganze Weile bleiben.«

»Hat er ja auch mehr als verdient«, kommentierte Peter knapp.

Bob nickte. »Trotzdem gibt es da eine Auffälligkeit. Inspektor Cotta war so nett, einen Anruf wegen Gabbos Haftakte zu tätigen. Und dort ist aktuell vermerkt, dass vor einer Woche ein Handy in seiner Zelle sichergestellt wurde. Die sind im Gefängnis natürlich verboten, aber Gabbo hat's geschafft, sich eins reinschmuggeln zu lassen.«

»Zweifellos weil er wusste, dass Gespräche über die regulären Telefone für die Häftlinge mitgeschnitten werden«, folgerte Justus.

»Richtig«, bestätigte der dritte Detektiv. »Über die Anrufliste des Handys konnte festgestellt werden, dass Gabbo in den Tagen zuvor mehrfach eine bestimmte Telefonnummer in Burbank angerufen hat.«

Justus horchte auf. »Das ist in der Tat interessant. Burbank liegt direkt am Golden State Freeway und grenzt unmittelbar an Glendale.«

»Also nur einen Steinwurf vom Movie Empire entfernt«, ergänzte Bob.

Skeptisch tippte sich Peter ans Kinn. »Nur weil Gabbo außer der Reihe ein paar Anrufe gemacht hat, muss das doch noch nichts bedeuten, oder?«

Ein triumphierendes Grinsen breitete sich über Bobs Gesicht aus. »Wenn der Angerufene ein ehemaliger Mithäftling ist, der vor knapp drei Wochen entlassen wurde, dann vielleicht doch.«

»Gute Arbeit, Dritter!«, beglückwünschte ihn Justus. »Gibt es weitere Einzelheiten zu dem Mann?«

»Ja, die gibt es. Sein Name ist Gregory Katic, geboren in Norwalk südöstlich von Los Angeles, vierundzwanzig Jahre. Sein Vorstrafenregister hat's echt in sich: Der Typ hat eine mehrjährige Haftstrafe wegen Brandstiftung, Vandalismus, Körperverletzung und Widerstands gegen die Staatsgewalt abgesessen.«

»Ganz schön heftig für sein Alter«, kommentierte Andy. »Aber zu unserem Saboteur würde es passen.«

»Und seine Anweisungen hat er vielleicht von Gabbo erhalten«, fügte Peter an.
Der Erste Detektiv nickte. »Somit sind Gabbo und Katic zumindest ausreichend verdächtig, um sie auf unsere Ermittlungsliste zu setzen.«
»Absolut«, stimmte Peter zu.
»Ah, das ist schon das Fax.« Bob zeigte auf das Gerät, das gerade angesprungen war. »Inspektor Cotta wollte mir ein Foto von Katic schicken. Das ging ja wirklich schnell.« Er wartete, bis der altmodische Apparat das Blatt ausgespuckt hatte, und reichte das Bild seinen Freunden. Es zeigte einen finster dreinblickenden kahlköpfigen Mann mit Stiernacken und einer Krallen-Tätowierung am Hals.
Peter schluckte. »Das kann ja heiter werden …«

# Verfolgt von zwei Legenden

»Für die Polizei besteht momentan noch kein Handlungsbedarf«, fuhr Bob fort. »Katic hat sich seit der Entlassung offiziell noch nichts zuschulden kommen lassen. Aber das schließt ja nicht aus, dass da im Geheimen trotzdem ein krummes Ding läuft.« Er ließ tatendurstig seinen Kugelschreiber zwischen den Fingern rotieren. »Und wie gehen wir jetzt vor?«
Justus verengte konzentriert die Augen. »Andy, zunächst an dich die Frage: Können wir noch heute zu dir in den Park kommen, damit du uns ein bisschen rumführst?«
»Ja, kein Problem. Ich besprech das mit Judy.«
»Gut, dann werde ich mit Onkel Titus abklären, ob er uns für den Rest des Tages entbehren kann.« Justus wandte sich seinen Freunden zu. »Um so effektiv wie möglich zu arbeiten, sollten wir uns aufteilen. Angesichts von Peters Kenntnissen in puncto Film- und Effekt-Technik schlage ich vor, wir beide begeben uns zum Movie Empire, während du, Bob, nach Burbank fährst und diesen Katic mal ein wenig unter die Lupe nimmst. Unauffällig, versteht sich. Ich nehme doch an, dass du dich beim Inspektor nach der Adresse erkundigt hast?«
»Falls es dir entgangen ist, Erster – ich mache nicht erst seit gestern Recherchen.« Betont lässig klappte Bob erneut sein Notizbuch auf. »Die Telefonnummer, die Gabbo aus dem Gefängnis angerufen hat, gehört einem Freund von Katic, einem gewissen Darren O'Keefe, bei dem er seit seiner Entlassung wohnt. Die Adresse lautet 12130 Hart Street, Apartment 14. Das ist in der Nähe vom Laurel Canyon Boulevard.«
»Ausgezeichnet.« Justus blickte auf seine Armbanduhr. »Wenn nichts dazwischenkommt, können wir gegen halb vier bei dir sein, Andy.«

»Alles klar. Am besten kommt ihr zum Ost-Eingang. Ich freu mich auf euch!«
Nachdem der Erste Detektiv aufgelegt hatte, blickten ihn seine Freunde erwartungsvoll an. Irritiert schaute er von einem zum anderen. »Ist was?«
Bob grinste. »Na, sag's schon.«
»Wir warten auf die offizielle Verkündung«, ergänzte Peter augenzwinkernd.
Auch über Justus' Gesicht breitete sich nun ein Lächeln aus. Mit feierlicher Miene stand er auf und reckte den Zeigefinger in die Höhe. »Kollegen – wir haben einen neuen Fall!«

Glücklicherweise hatten weder Onkel Titus noch Tante Mathilda etwas gegen den Ausflug einzuwenden. Da Glendale und Burbank in derselben Richtung lagen, fuhr der dritte Detektiv mit seinem Käfer voraus, Peter und Justus folgten im MG. Zunächst ging es den Pacific Coast Highway hinunter, dann wechselten sie in Richtung Osten auf den Santa Monica Freeway. Je weiter sie sich von der Küste entfernten, desto heißer brannte die kalifornische Sonne auf sie herab. Murrend fächelte sich Justus mit einem alten Prospekt Luft zu. Dann stutzte er plötzlich und beugte sich zum Rückspiegel vor.
»Was hast du?«, fragte der Zweite Detektiv irritiert.
»Ich bin nicht ganz sicher, aber ich glaube, da verfolgt uns jemand.«
»Was??« Instinktiv wollte Peter den Kopf nach hinten wenden, doch dann besann er sich der detektivischen Grundregeln in einem solchen Fall und verhielt sich unauffällig. »Welcher Wagen ist es?«
»Drei Autos hinter uns. Der dunkelbraune Mercury Milan folgt uns schon eine ganze Weile, obwohl er längst hätte überholen können.«

Peter versuchte, im Seitenspiegel Einzelheiten zu erkennen, doch eine Lichtreflexion machte das unmöglich. »Aber wer sollte uns denn verfolgen? Andy hat uns doch erst vor zwanzig Minuten den Auftrag erteilt!«

»Falls es wirklich um den Fall ›Park-Sabotage‹ geht, wäre das tatsächlich staunenswert schnell«, stimmte der Erste Detektiv stirnrunzelnd zu. »Vielleicht steckt ja etwas ganz anderes dahinter.«

»Was sollte das wohl sein? Meinst du etwa, Tante Mathilda lässt uns nachspionieren, ob wir zu viel Spaß haben?«

»Natürlich nicht«, gab Justus gereizt zurück. »Aber möglicherweise –«

»Hey, jetzt setzt er zum Überholen an!«, unterbrach ihn Peter nach einem Blick in den Rückspiegel. »Vielleicht war das Ganze ja doch nur ein Zufall.«

»Oder er hat Lunte gerochen und haut jetzt ab.« Hastig zog Justus das Handy aus der Hosentasche.

»Was hast du vor?«

»Bleib ganz ruhig und schau einfach nur nach vorn. Ich werde versuchen, mit der Handykamera ein Foto von dem Wagen und hoffentlich auch von seinem Fahrer zu machen.« Indem er Peters Oberkörper, so gut es eben ging, als Deckung nutzte, brachte sich der Erste Detektiv mit erhobenem Mobiltelefon in Stellung. »Sooo, da kommt er. Jetzt keine ruckhaften Fahrmanöver!«

Peter verzog angesichts dieser völlig überflüssigen Anweisung das Gesicht. »Zu dumm – dabei wollte ich gerade anfangen, wild im Zickzack zu fahren.«

Justus konnte sich ein Grinsen nicht verkneifen. »Deswegen sag ich's ja.« Er wartete noch kurz, dann knipste er über Peters Kopfstütze hinweg zwei Fotos vom Mercury auf der Überholspur. Anschließend drehte er sich wieder nach vorn.

»Junge, Junge – jetzt hat er's aber eilig«, stellte der Zweite Detektiv fest. »Der hat wohl noch nie was von Tempolimits gehört.«
»Nicht der, sondern die«, korrigierte Justus. »Es sind zwei Personen, vermutlich männlich.«
»Vermutlich?« Peter hob belustigt eine Augenbraue. »Soweit ich weiß, gibt es da bestimmte Unterscheidungsmerkmale.«
»Dessen bin ich mir durchaus bewusst«, entgegnete Justus streng. »Aber wenn man sich mit Masken und Mänteln ausstaffiert, erschwert das die Zuordnung doch erheblich.«
Ungläubig legte Peter den Kopf schief. »Das ist jetzt ein Scherz, oder?«
»Ganz und gar nicht. Die Insassen des Mercury waren beide maskiert, und zwar ziemlich unprofessionell. Wer bei einer solchen Hitze mit Trenchcoat im Auto sitzt, ist ja wohl alles andere als unauffällig. Noch dazu, wenn man als Abraham Lincoln und Albert Einstein unterwegs ist.«
»Wie bitte?«
»Es ist mein völliger Ernst. Wir wurden gerade von einem US-Präsidenten mit markantem Bart und dem berühmtesten Physiker der Welt überholt.«
»Verrückt ...« Der Zweite Detektiv schüttelte verwirrt den Kopf und ließ den Blick in die Ferne schweifen. »Wenn das tatsächlich dieser Katic und sein Freund O'Keefe waren, haben sie es irgendwie geschafft, die Regeln von Zeit und Raum außer Kraft zu setzen. Sie müssten ja direkt nach unserem Telefonat wie der Blitz von Burbank nach Rocky Beach gefahren sein, um sich vor dem Gebrauchtwarencenter auf die Lauer zu legen, sich komplett zu verkleiden und anschließend unsere Verfolgung aufzunehmen. Und das alles in knapp zwanzig Minuten! Das ist unmöglich zu schaffen.«
»Na, immerhin war das da gerade Albert Einstein, der Be-

gründer der Relativitätstheorie«, wandte Justus scherzhaft ein. »Wenn jemandem ein solch verblüffender Umgang mit Raum und Zeit zuzutrauen ist, dann ja wohl ihm.«
»Auch wieder wahr«, gab Peter schmunzelnd zu, wurde jedoch gleich wieder ernst. »Aber Zeitphänomene hin oder her – die beiden hatten es auf uns abgesehen, oder?«
Justus räusperte sich und legte die Stirn in Falten. »Ja, ich fürchte, daran gibt es nun keinen Zweifel mehr.« Angespannt blickte er auf das Display seines Handys. »Albert Einstein hat uns während des Überholens nämlich mit einem Camcorder gefilmt …«
»Was??«, platzte es aus Peter hervor.
»Du hast richtig gehört. Die beiden Typen spionieren uns definitiv nach. Und sie haben entweder einen ziemlich sonderbaren Humor oder massive Dentalprobleme. Wenn ich es richtig sehe, ragen Lincoln und Einstein nämlich lange Vampirzähne aus dem Mund.«
»Das kann doch alles nicht wahr sein …« Peter presste die Lippen aufeinander und versuchte, seine wirren Gedanken zu ordnen. »Meinst du, sie haben gesehen, dass du sie fotografiert hast?«
»Ich glaube nicht, aber vollkommen ausschließen kann ich es natürlich nicht.«
Der Zweite Detektiv gab einen lauten Seufzer von sich. »Das ist selbst für unsere Verhältnisse rekordverdächtig: Der Fall ist kaum eine halbe Stunde alt und schon haben wir zwei durchgeknallte Untote am Hals.«
Justus rieb sich angestrengt die Nasenwurzel. »Ich kann mich nur wiederholen: Die zeitliche Überschneidung allein ist noch kein Beweis dafür, dass die Mercury-Typen mit Andys Auftrag zu tun haben. Das alles wird im Rahmen unserer Nachforschungen erst noch zu klären sein.«

»Konntest du denn das Nummernschild erkennen?«
»Ja, ich hab's auf dem zweiten Foto. Es ist allerdings ziemlich verschmutzt, sodass nur die letzten drei Ziffern zu erkennen sind: 817.« Justus hielt sich das Handy näher vor die Augen. »Dem Bild lässt sich aber noch mehr entnehmen. Da kleben nämlich zwei Aufkleber an der Stoßstange. Wenn ich mich nicht täusche, zeigt der erste den geschwungenen gelben Blitz der San Diego Chargers. Der Besitzer des Wagens muss also ein Football-Fan sein.«
»Und der andere Sticker?«
»Der gefällt mir schon deutlich weniger.« Justus' Miene verdüsterte sich. »Das ist nämlich das Adler-Logo der National Rifle Association.«
»Der Verband der Gewehrbesitzer und Schießwütigen ...« Der Zweite Detektiv schluckte. »Mit Lincoln und Einstein ist also nicht zu spaßen ...«

# Das Kino erwacht

Obwohl der braune Mercury schon lange außer Sichtweite war, beschloss Justus, den immer noch vor ihnen fahrenden Bob über den Vorfall zu informieren. Um ihn nicht von der Fahrt abzulenken, tat er dies per SMS. Schließlich genügte es, wenn der dritte Detektiv die Nachricht las, sobald er in Burbank angekommen war.

Auf dem Golden State Freeway trennten sich die Wege der Jungen. Während Bob weiter nach Norden fuhr, nahm Peter nach einigen Minuten eine Ausfahrt und steuerte auf das bereits weithin sichtbare Gelände des Movie Empire zu. Es dauerte dann allerdings noch eine ganze Weile, bis er endlich einen freien Parkplatz fand. Nachdem sie ausgestiegen waren, gingen sie auf den Ost-Eingang zu, vor dem sich lange Menschenschlangen gebildet hatten.

Schon von außen war der Park überaus beeindruckend. Die Seite, der sie sich nun näherten, glich einem gigantischen Raumschiff, dessen silbern glänzende Aufbauten hoch in den stahlblauen Himmel aufragten. Aus dem Internet wusste Peter, dass das Movie Empire auf jeder der vier Seiten anders gestaltet war und verschiedene Themenschwerpunkte besaß. Stirnrunzelnd betrachtete er die Besuchermassen, die sich nur quälend langsam auf den Eingang zubewegten. Doch dann hellte sich seine Miene schlagartig auf. »Sieh mal – dort drüben neben dem Kassenhäuschen winkt uns jemand, der mir ziemlich bekannt vorkommt!«

Rasch eilten sie auf den hochgewachsenen Jungen zu, der sie freudig anstrahlte.

»Justus! Peter! Wie schön, euch wiederzusehen!« Überschwänglich schüttelte er den Detektiven die Hand. Andy, der nur wenig älter als die drei ??? war, hatte sich seit ihrem letzten Treffen kaum verändert. Immer noch lag ein schelmisches Glitzern in seinen tiefblauen Augen und die blonden Haare standen ihm in wilden Strähnen vom Kopf ab. Durch die prächtige blaue Park-Uniform mit den silbernen Knöpfen wirkte er jedoch ernster und erwachsener als sonst.

Der Zweite Detektiv schmunzelte: »Du hast dich für uns ja mächtig in Schale geworfen.«

»Von wegen.« Belustigt winkte Andy ab. »Wenn's nach mir ginge, würde ich wie ihr in Jeans und T-Shirt rumlaufen, aber jetzt bin ich ja ein ›offizieller Repräsentant‹ des Movie Empire. Und dementsprechend muss ich auch aussehen.« Er wischte sich mit dem Ärmel seiner Jacke über die schweißnasse Stirn. »An Tagen wie heute würde ich aber lieber als Bademeister arbeiten.«

»Wer schön sein will, muss leiden«, erwiderte Justus lächelnd und klopfte ihm aufmunternd auf die Schulter. »Mit dem Schwimmbad wird's heute wohl nichts, aber für den Anfang tut's vielleicht auch eine kalte Limonade, oder?«

»Prima Idee!«, stimmte Peter zu. »Ich bin von der Bullenhitze schon völlig ausgetrocknet.«

»Na, dann kommt – ich lade euch ein.« Mit geübten Griffen entriegelte Andy eine Absperrung und ließ seine Freunde durch einen schmalen Seiteneingang auf das Gelände des Parks. Es war buchstäblich ein Wechsel in eine andere Welt. Augenblicklich brach eine regelrechte Flutwelle an Sinneseindrücken über die Jungen herein: Musik, Bewegung, Lichter, Düfte … Unwillkürlich musste der Zweite Detektiv innehalten.

»Wow!«

Die enorme Größe der Attraktionen und die schillernde Farbenpracht der zahllosen Darsteller waren schlicht überwältigend. Justus und Peter hatten in ihrem Leben ja schon eine

Reihe von Freizeitparks kennengelernt, aber das Movie Empire stellte alle in den Schatten.
»Wir befinden uns jetzt auf dem Hauptplatz der Galactic World mit dem Schwerpunkt Science-Fiction«, erklärte Andy. »Wenn wir diesen Bereich durchquert haben, kommen wir zur sogenannten Snack-Meile. Das ist eine Imbiss-Promenade, auf der man in jeder denkbaren Weise seinen ›kleinen Hunger‹ stillen kann. Natürlich gibt es auch richtige Restaurants, drüben im Gourmet Garden, aber für eine Limonade reicht die ›Meile‹ vollkommen.«
»Meile, ich verstehe …«, antwortete Justus mit abwesendem Gesichtsausdruck. Er und Peter waren mit den Gedanken gerade ganz woanders. Staunend ließen die Detektive den Blick schweifen. Über ihren Köpfen zogen Raumfähren, Sternenkreuzer und Ufos ihre Kreise. Die Aufhängung der täuschend echt aussehenden Modelle war mit bloßem Auge nicht zu erkennen. In dreißig Meter Höhe überspannte ein künstlicher Sternenhimmel den riesigen Platz. Alles zusammen erzeugte die perfekte Illusion, in die unendlichen Weiten des Alls zu schauen. Gerade hatte Peter inmitten der Sterne einen dunklen und irgendwie unheimlich wirkenden Himmelskörper entdeckt. Zunächst hielt er ihn für einen Planeten oder Mond, doch dann erkannte er seinen Irrtum und murmelte lächelnd: »Das ist kein Mond. Es ist eine Raumstation …«
Aber auch am Boden gab es überall etwas zu entdecken.
»Seht mal da drüben!«, rief Justus und deutete grinsend auf ein kleines braunes Wesen, das mit seinen dünnen Ärmchen heftig vor dem hinabgebeugten Riesenschädel einer schwarzglänzenden Kreatur gestikulierte. »Da unterhält sich *E. T.* mit dem Monster aus *Alien!*«
»Wahrscheinlich fragt er nach Kleingeld, um nach Hause zu telefonieren«, mutmaßte der Zweite Detektiv schmunzelnd.

»Achtung, Jungs, gleich wird's laut«, warnte Andy und lenkte den Blick seiner Freunde auf eine Piste zu ihrer Linken. »Marty McFly will mal wieder zurück in die Zukunft.«
Wie zur Bestätigung brauste nun ein silbern glänzender DeLorean an ihnen vorbei auf die Kulisse eines Rathauses zu, in dessen große Uhr soeben ein greller Blitz hineinzuckte.
»Wahnsinn ...«, murmelte Peter, als der Sportwagen mit einem lauten Donnerknall im Nichts zu verschwinden schien. »Das ist wirklich so, als wäre man mitten in einem Film!«
Andy nickte und breitete theatralisch die Arme aus, so als würde er ein großes Publikum ansprechen.
»Sehen und staunen Sie, meine Herrschaften! Hier wird das Kino lebendig! Reisen Sie mit uns in die Tiefen des Weltraums oder in die Weite des Wilden Westens! Lassen Sie sich in eine fantastische Zukunft entführen oder tauchen Sie ein in die längst vergangene Zeit der Dinosaurier! Treffen Sie legendäre Sternenkrieger, Piratenkapitäne und Geheimagenten! Erleben Sie Seite an Seite mit Ihren Helden den immerwährenden Kampf zwischen Gut und Böse! Stars zum Anfassen, Shows zum Mitfiebern und Monster zum Fürchten – Movie Empire: Wir erwecken Träume zum Leben!«
Inzwischen waren tatsächlich einige Leute hinzugetreten, um Andys Worten zu lauschen. Spielerisch klatschte Justus Beifall. »Alle Achtung, du hast wirklich ein Talent dafür, Menschen in den Bann zu ziehen!«
»Dich könnten wir prima bei Onkel Titus' Gebrauchtwarenhandel brauchen«, ergänzte Peter anerkennend.
»Vielen Dank für das Angebot, aber mein Zirkusblut braucht einfach die Welt der Show.« Lächelnd wies Andy reihum auf die zahlreichen Attraktionen des Movie Empire.
Der Erste Detektiv nickte. »Kann ich verstehen. Dieser Park ist wirklich unglaublich. Allein schon diese Größe ...«

»Ja, das Gelände ist wirklich riesig. In den ersten Tagen habe ich mich mehrere Male hoffnungslos verlaufen.« Andy wandte sich um und deutete in verschiedene Richtungen. »Am besten, man prägt sich zunächst die ganz grobe Struktur ein. Jedes Filmgenre hat seinen eigenen Bereich: Science-Fiction und Fantasy sind hier im Ostflügel, Thriller und Action im Süden, Western und Roadmovie im Westen, Horror und Grusel im Norden. Im Zentrum gibt es noch eine Extra-Ebene für Komödien und Musicals.«
Gerade wollte Peter einen Kommentar zum Horror-Bereich abgeben, da prallte er mit der Schulter hart gegen eine ganz in Schwarz gekleidete Gestalt, die sofort herumwirbelte. Der fast zwei Meter große Hüne trug eine glänzende Rüstung mit wogendem Umhang und eine bizarre Helm-Maske, die sein gesamtes Gesicht umschloss.
»Wie kannst du es wagen?«, dröhnte eine abgrundtiefe Stimme, in die sich metallische Atemgeräusche mischten. »Du gehörst wohl zum jungen Skywalker und seinen Rebellen?! Ich werde euch auslöschen wie einst Alderaan!«
»D-darth Vader …«, entfuhr es dem entgeisterten Zweiten Detektiv, der den unheimlichen Bösewicht aus *Star Wars* sofort erkannt hatte. »Das w-war keine Absicht …«
Beschwichtigend legte Andy seine Hand auf den Arm des Maskierten. »Lass gut sein, Ned. Das sind meine Freunde.« Er grinste. »Das Imperium muss also nicht zurückschlagen.«
Für einen kurzen Moment verharrte der schwarze Riese und starrte stumm auf Peter herab. Dann trat er einen Schritt beiseite. »So sei es.« Demonstrativ legte er seine behandschuhte Rechte auf den glitzernden Griff des Laserschwerts an seinem Gürtel. »Doch ich warne euch – wenn ich euch zusammen mit Skywalker oder Prinzessin Leia erwische, werdet ihr die dunkle Seite der Macht kennenlernen!«

»Wir werden dran denken«, versprach Andy lächelnd und winkte zum Abschied.

»Und viele Grüße an den Imperator!«, rief Justus dem dunklen Lord fröhlich hinterher. Er strahlte übers ganze Gesicht. »Du hattest völlig recht, Andy: Hier erwacht wirklich das Kino zum Leben. Herrlich!«

»Freut mich, dass es dich amüsiert, wenn ich vom gefährlichsten Schurken des Universums zusammengefaltet werde!«, erwiderte der Zweite Detektiv ungehalten.

»Ned ist eigentlich ein total lieber Typ«, erklärte Andy. »Aber als Darth Vader muss er natürlich den Finsterling spielen.«

»Das macht er ziemlich überzeugend, alle Achtung«, entgegnete Peter und deutete auf eine in Reih und Glied marschierende Einheit Soldaten in weißen Ganzkörper-Rüstungen. »Ich dachte schon, gleich lässt er mich von Stormtroopern verhaften ...«

Schmunzelnd deutete Justus auf einen schneidigen dunkelblonden Mann in gelb-schwarzem Dress, der sich angeregt mit einem lässigen Abenteurer in weißem Hemd und dunkler Weste unterhielt. »Dann hätte ich die beiden da zu Hilfe geholt.«

Peter stieß einen überraschten Pfiff aus. »Dass ich das mal erleben darf: Captain Kirk und Han Solo beim Small Talk!«

»So etwas ist hier völlig normal.« Grinsend zeigte Andy nach rechts. »Schaut euch mal unsere beiden ›Raumschiffschaukeln‹ an.«

Der Erste Detektiv war sichtlich beeindruckt. »Die *Enterprise* und der *Milleniumfalke* einträchtig nebeneinander!«

»Hier wird Unmögliches möglich«, erklärte Andy. Dann senkte er seine Stimme ein wenig. »Mit Captain Kirk ist es übrigens genau umgekehrt wie bei Darth Vader. Der Darsteller heißt Devon Reilly und muss ein ziemlicher Kotzbrocken sein.

Ich habe gehört, dass er seine Kollegen oft sehr arrogant und herablassend behandelt.«

»Dem ist sein Job wohl zu Kopf gestiegen und jetzt hält er sich wirklich für einen Star«, vermutete Justus.

»Das kann schon sein«, erwiderte Andy. »Die meisten hier sind wirklich nette Typen, aber schwarze Schafe findet man eben überall. Im Western-Bereich soll's auch so einen Typen geben. Marvin Welbercott. Der spielt dort den Schurken Tuco aus *Zwei glorreiche Halunken*.«

»Na, das passt ja«, kommentierte Peter mit düsterer Miene.

»Der Kerl hat seinem Show-Partner Sentenza wohl ziemlich übel mitgespielt«, fuhr Andy fort. »Und das alles nur deshalb, weil sein Kollege beliebter beim Publikum ist.«

Justus stieß einen verächtlichen Laut aus. »Manche Leute sind einfach erbärmlich.«

»Absolut. Vor ein paar Tagen soll Welbercott die Tabakspfeife von Sentenza so manipuliert haben, dass sie ihm während der Show um die Ohren geflogen ist. Die Verbrennungen waren zum Glück nicht allzu schwer, aber immerhin übel genug, dass der Mann noch mindestens eine Woche arbeitsunfähig ist. Nachweisen konnte man Welbercott die Sache allerdings nicht, weil er beim Präparieren der Pfeife wohl sehr geschickt vorgegangen ist. «

»Ein skrupelloser Egomane mit ausgeprägten technischen Fähigkeiten also«, murmelte Justus. »Interessant …«

# Im Feindgebiet

In der Zwischenzeit war Bob an seinem Ziel angekommen. Er parkte den Käfer bereits einige Häuser vor der angegebenen Adresse, nahm eine graue Mappe zur Hand und stöberte darin herum. Falls Katic oder O'Keefe ihn bei der Beschattung entdecken sollte, wollte er vorbereitet sein. Er hatte sich für die »Abo-Tarnung« entschieden und suchte nun das entsprechende Material zusammen. Sollte er tatsächlich erwischt werden, würde der dritte Detektiv einfach behaupten, er sei im Auftrag der Los Angeles Post hier, um auf die aktuelle Kundenaktion aufmerksam zu machen: Beim Abschluss eines Jahresabonnements gäbe es eine von zahlreichen attraktiven Prämien. Bob konnte sie inzwischen auswendig herunterleiern.

Vorsorglich stopfte er sich die Taschen mit Flyern, Gutscheinen und Stickern voll. Da sein Vater als Journalist bei der Los Angeles Post arbeitete, hatte er freien Zugang zu allen Werbematerialien der Zeitung. Dann nahm der dritte Detektiv sein Mobiltelefon zur Hand. Wegen eines ärgerlichen Klingel-Erlebnisses bei einem ähnlichen verdeckten Einsatz achtete er stets besonders sorgfältig darauf, sein Handy vorher auszuschalten. Gerade als er den entsprechenden Knopf drücken wollte, bemerkte er, dass inzwischen eine SMS von Justus eingegangen war. Angespannt las er die Zeilen: *Wurden verfolgt + gefilmt. Brauner Mercury Milan, Kennzeichen endet auf 817. 2 maskierte Insassen: Abe Lincoln + A Einstein. Motiv unklar. Zusammenhang mit Katic + Okeefe denkbar. Tempo war hoch. Falls Ziel Burbank, treffen sie vor dir ein.*

»Mannomann«, murmelte Bob. »Da hat sich jemand aber echt schnell auf unsere Fährte gesetzt …«

Nachdenklich schaltete er das Mobiltelefon aus und steckte es zurück in seine Hosentasche. Dann stieg er aus und verschaffte sich zunächst einen Überblick über die Umgebung. Wegen der sengenden Hitze hatten sich die meisten Anwohner in ihre klimatisierten Häuser zurückgezogen. Burbank war eine gepflegte Stadt, aber in diesem Abschnitt der Hart Street schien man keinen sonderlichen Wert auf Äußerlichkeiten zu legen: Die meisten Häuser hatten ihre besten Tage schon einige Zeit hinter sich, die sonnenvertrockneten kleinen Gärten waren teils stark verwildert. Auch die Adresse von Gregory Katic machte da keine Ausnahme: Der klobige dreistöckige Wohnblock direkt neben einer verwahrlosten Baustelle wirkte alles andere als einladend. Zwei winzige, von grauem Beton eingeschlossene Grünflächen waren vollkommen verdorrt und hatten bestimmt seit Wochen kein Wasser mehr gesehen. Die stark verschmutzten, teils umgefallenen Mülltonnen vervollständigten den trostlosen Eindruck.

Mit konzentrierter Miene hielt Bob nach einem braunen Mercury Ausschau, doch keines der Fahrzeuge, die in der Nähe des Wohnblocks parkten, passte auf die Beschreibung. Er würde also versuchen müssen, einen Blick in die Garage zu werfen. Nachdem er noch einmal tief durchgeatmet hatte, klemmte er sich die graue Mappe mit dem Logo der L.A. Post unter den Arm und schlenderte los. Kaum dass er sich in Bewegung gesetzt hatte, ließ ihn jedoch eine energische Stimme zusammenzucken.

»Hey, du kommst nicht von hier, oder?!«

Da der letzte Tatort des Saboteurs ohnehin auf dem Weg zur Snack-Meile lag, machten Andy, Justus und Peter zunächst einen kleinen Abstecher zur riesigen, von zahllosen Besuchern umsäumten Autoscooter-Anlage. Auch hier drehte sich alles um das Thema Film. Sämtliche Autos waren Nachbauten berühmter Kinovorbilder. Mit leuchtenden Augen betrachteten Justus und Peter den grandiosen Fuhrpark, bei dem sich Auto-Legende an Auto-Legende reihte: Sie erkannten James Bonds silberfarbenen Aston Martin DB5, den schwarz-weißen Dodge Monaco der *Blues Brothers*, Steve McQueens grünen Ford Mustang aus *Bullitt*, den weiß-roten Cadillac Miller-Meteor der *Ghostbusters*, den *Herbie*-Käfer mit der Nummer 53 und natürlich das tiefschwarze Batmobil. Um bei den meist jungen Fahrern Streitereien zu vermeiden, gab es jeden Wagen gleich mehrfach.

»Toll …«, entfuhr es dem Zweiten Detektiv. »*So* einen Autoscooter bräuchten wir bei unserem Stadtfest in Rocky Beach!«

Andy schüttelte lächelnd den Kopf. »Der ist leider ein absolutes Einzelstück und unverkäuflich.«

»Dachte ich mir schon«, erwiderte Peter seufzend, während Justus bereits die Anlage näher inspizierte.

Andy deutete auf eine Stelle an der inneren Umgrenzung, die offenbar kürzlich ausgebessert worden war. »Einen der Wagen hat der Saboteur so manipuliert, dass plötzlich die Bremse versagt hat und das Auto unkontrolliert mit Vollgas gegen die Bande gekracht ist. Außerdem ist durch den Aufprall eine versteckte Rauchkapsel gezündet worden, die für große Unruhe gesorgt hat. Der Junge, der im Wagen saß, ist glücklicherweise mit ein paar blauen Flecken davongekommen, aber das hätte auch schlimmer ausgehen können.«

»Und wo befindet sich das Auto jetzt?«, erkundigte sich der Erste Detektiv.

»Er ist nebenan im Wartungsraum – ich zeig ihn euch.«

Andy führte seine Freunde zu einer verdeckten Tür in direkter Nähe des Scooters und schloss sie auf. Sie betraten eine überraschend große Wartungshalle, in der etwa zwanzig verschiedene, teils auseinandergenommene Automodelle untergebracht waren.

»Ich nehme an, diese Tür ist grundsätzlich abgeschlossen?«, vermutete Justus.

»Ja, hier hat ausschließlich das Parkpersonal Zutritt. Der sabotierte Wagen ist dort drüben auf der Hebebühne – der feuerrote Plymouth Fury aus *Christine.*«

»Das berühmteste Horror-Auto der Welt«, murmelte Peter. »Na, das passt ja …«

Grübelnd strich sich Justus übers Kinn. »Weißt du, ob der Plymouth vor dem Zwischenfall ganz normal im Einsatz war?«

»Ja, war er. Alle Scooter-Fahrzeuge werden regelmäßig gewartet, aber dieser Plymouth wäre erst im nächsten Monat wieder dran gewesen. In den vergangenen zwei Wochen war er definitiv auf der Bahn und hat keine Probleme gemacht.«

»Dann muss der Saboteur den Wagen also direkt auf der Anlage präpariert haben«, folgerte Peter. »Bei all den Besuchern wäre das aber ziemlich riskant.«

»Absolut«, bestätigte Andy. »Eine solche Manipulation ist nicht einfach so in ein paar Sekunden zu bewerkstelligen. Wir vermuten, dass der Täter ein Ticket gekauft und den Wagen anschließend an den Rand der Arena manövriert hat, so als ob er nicht richtig mit ihm umgehen könnte. Nachdem er den Plymouth präpariert hat, ist er dann einfach ausgestiegen und verschwunden.«

»Habt ihr über die Sicherheitskameras irgendetwas herausfinden können?«, wollte der Erste Detektiv wissen.

»Leider nein. Weder hier noch bei den anderen Tatorten. Der Typ kennt sich entweder perfekt mit den Kamera-Perspektiven aus oder er hatte immer ein Riesenglück. Nirgendwo haben wir eine brauchbare Aufnahme gefunden.«

Justus zog die Stirn kraus. »Dann müssen wir uns eben von der anderen Seite an ihn herantasten. Du sagtest vorhin, dass die neueste Botschaft des Saboteurs am manipulierten Wagen angebracht war. Wo genau?«

Andy deutete auf das Heck. »Hier – der Briefumschlag steckte in diesem Lüftungsschlitz. Bevor ihr kamt, habe ich mir bei Judy übrigens Fotokopien der bisherigen Nachrichten gemacht, Moment …« Er holte mehrere Zettel aus der Innentasche seiner Uniformjacke hervor und reichte einen davon dem Ersten Detektiv, der die computergeschriebene Zeile laut vorlas: *»Es ist nicht gestattet zu fischen, während man auf dem Hals einer Giraffe sitzt.«*

Ungläubig riss Peter die Augen auf. »Was?!«

# Die Falle schnappt zu

Wegen einer verwilderten Hecke hatte der dritte Detektiv das Mädchen hinter dem Gartenzaun überhaupt nicht bemerkt. Es war vielleicht ein Jahr älter als er, hatte lange blonde Rastazöpfe und trug ein figurbetontes, jedoch ziemlich verwaschenes olivgrünes Trägerkleid. Mit auffordernder Miene blickte es Bob an. Nach einem kurzen Moment der Irritation besann er sich wieder der Frage, die ihm gestellt worden war.
»Äh, stimmt. Ich bin nicht von hier.« Mit einem unsicheren Lächeln trat er einen Schritt näher an den Zaun heran, um die Deckung der Hecke zu nutzen. Er wollte um jeden Preis verhindern, Aufmerksamkeit zu erregen. »Ich bin Bob, hi.«
»Kannst mich Alyssa nennen«, erwiderte das Mädchen lässig und pustete eine erstaunlich große, tiefrote Kaugummiblase auf, ließ sie jedoch kurz vor dem Zerplatzen geschickt wieder zusammenfallen und kaute weiter. »Lust auf ein Spiel?«
»Ein … Spiel?«, fragte Bob verdutzt. »Tut mir leid, aber –«
»Doch, du *hast* Lust«, unterbrach ihn Alyssa im Tonfall einer Lehrerin, die ihren unwilligen Schüler auffordert, gefälligst an die Tafel zu kommen.
Bobs Gefühle schwankten zwischen Verblüffung und Belustigung. »Sorry, aber ich bestimme ja wohl immer noch selbst, ob ich Lust zu etwas habe oder nicht.«
»Nö.« In aller Seelenruhe wickelte das Rasta-Mädchen den Kaugummi um den rechten Zeigefinger.
So allmählich wurde es dem dritten Detektiv dann doch zu blöd. Alyssa hatte zwar in gewisser Weise etwas Anziehendes an sich, aber der Verlauf dieser Unterhaltung gefiel ihm überhaupt nicht. Er war doch kein Hündchen, das man mal eben so herbeipfeifen konnte!

»Wie kommst du darauf, dass ich einfach so alles stehen und liegen lasse, um mit einem wildfremden Mädchen irgendein Spiel zu spielen?«
»Ganz einfach.« Alyssa beugte sich über den Zaun hinweg zu ihm herüber, bis sich ihre Nasenspitzen beinahe berührten und er den intensiven Himbeergeruch ihres Kaugummis einatmete. Einen Moment lang verharrte sie schweigend und blickte ihm tief in die Augen. Obwohl sie barfuß war, überragte sie Bob um mindestens drei Zentimeter. »Weil ich sonst die gesamte Nachbarschaft zusammenkreische und behaupte, du wolltest gerade den Dodge da drüben stehlen!«
Für mehrere Sekunden war der dritte Detektiv vollkommen sprachlos und sein Hals fühlte sich plötzlich sehr rau und ausgetrocknet an. Fassungslos suchte er nach Worten, fand jedoch nur zwei.
»Aber ... wieso?«
Mit einem seltsam wissenden Gesichtsausdruck lächelte Alyssa ihn an und trat wieder einen Schritt zurück. »Mir machst du nichts vor. Ich riech zwei Meilen gegen den Wind, wenn jemand ein Ding plant: dein Check der Häuser, die dauernden Blicke nach allen Seiten, die vollen Hosentaschen.« Sie deutete auf seine ausgebeulte Jeans. »Ich wette, da hast du dein Werkzeug drin.«
Bob schüttelte heftig den Kopf. »Nein – das ... das sind nur Werbe-Artikel.« Er hielt die graue Mappe wie einen schützenden Schild vor sich. »Hier: Ich bin von der Los Angeles Post und –«
»Schon klar.« Grinsend winkte das Mädchen ab. »Ein schlaues Kerlchen wie du geht natürlich nicht ohne Tarnung auf Tour. Aber mich täuschst du nicht.«
Bobs Gedanken überschlugen sich und dicke Schweißperlen rannen von seiner Stirn herab. Die gefühlte Temperatur schien

sich in der letzten Minute verdoppelt zu haben. Das konnte doch alles nicht wahr sein! Das Verrückteste an der ohnehin absurden Situation war, dass Alyssa mit der Tarnung ja recht hatte und nur die falschen Schlüsse daraus zog.
Mit großen Augen und gespielt mitleidigem Gesichtsausdruck blickte das Mädchen ihn an. »Oooh – habe ich dem ›bösen Bob‹ etwa Angst gemacht?« Dann zwinkerte sie fröhlich und deutete auf das Haus hinter sich. »Keine Sorge, ich kann dichthalten, solange du nicht gerade bei uns einbrechen willst.«
Bob konnte nicht fassen, was hier passierte: Binnen weniger Augenblicke hatte jemand eine Machtposition aufgebaut, die ihm ein Entrinnen unmöglich machte. Hilflos gestikulierend versuchte er, doch noch das Ruder herumzureißen. »Jetzt hör doch mal zu – ich will bei niemandem einbrechen oder sonst irgendein ›Ding‹ drehen! Das ist alles ganz anders!«
»Natüüürlich.« Alyssa ließ nicht den geringsten Zweifel daran, dass sie ihm kein Wort glaubte. »Der kleine Bobo ist in Wirklichkeit ein ganz Lieber und das alles ist bloß ein fieses Missverständnis.«
Der dritte Detektiv gab es auf. Er würde dieses nervige Mädchen nicht überzeugen können. Kurz spielte er mit dem Gedanken, im wahrsten Sinne des Wortes die Karten auf den Tisch zu legen und ihr seine Visitenkarte zu zeigen. Aber auch das würde sie mit Sicherheit als Teil seiner Einbrecher-Tarnung abtun. Mit hängenden Schultern ergab er sich seinem Schicksal. »Also gut … Ich mach mit.«
In Alyssas dunkelbraunen Augen glomm ein listiges Funkeln auf, während sie ihn breit angrinste. »Ich wusste doch gleich, dass du Lust auf ein Spiel hast …«

Andy zuckte mit den Schultern. »Ich sagte euch ja, dass die Botschaften total irrsinnig sind. Hier – dieser Zettel ist nach dem ersten Vorfall gefunden worden. Das war im Superhelden-Bereich. Der Darsteller von *Spider-Man* hatte gerade eine akrobatische Nummer im Handstand vorgeführt, als eine Gebäudekulisse auf ihn stürzte. Dabei hat er sich die Schulter ausgekugelt und mehrere Rippen geprellt. Auch hier ergibt die Nachricht des Saboteurs absolut keinen Sinn: *Es ist verboten, einen Regenschirm auf offener Straße aufzuspannen.*«

»Wahrhaftig absurd ...«, murmelte Justus.

Andy nickte. »So war's auch bei den anderen Vorfällen. Beim vorletzten Anschlag hat der Täter es geschafft, unerkannt in eine Umkleidekabine einzudringen. Dort hat er einen Spind aufgebrochen und zwei Fellkostüme unseres Werwolf-Darstellers ruiniert. Er hat konzentrierte Ammoniaklösung drübergegossen, die so entsetzlich gestunken hat, dass der Auftritt abgesagt werden musste. Die hochwertigen Filmkostüme mussten trotz intensiver Reinigung ausgemustert werden. Immerhin ein Schaden von knapp zweitausend Dollar.«

»Und die Nachricht, die man hinterher gefunden hat, war vermutlich wieder völlig bekloppt, stimmt's?«, fragte Peter.

»Ganz genau«, bestätigte Andy und las vor: *»Es ist ungesetzlich, mit dem Auto rückwärtszufahren.«*

Der Erste Detektiv runzelte die Stirn. »Ich nehme mal an, dass in der Werwolf-Show keine Autos vorkommen, oder?«

»Kein einziges, weder im Vorwärts- noch im Rückwärtsgang.« Andy zückte ein weiteres Papier. »Einen Tag vorher hatte der Saboteur eine Requisiten-Box der *Mary-Poppins*-Revue in Brand gesteckt. Das Feuer konnte zwar schnell gelöscht werden, aber der Materialschaden war trotzdem groß. Auch diesmal fand man eine völlig unsinnige Nachricht: *Unansehnliche oder deformierte Personen müssen die Öffentlichkeit meiden.*«

»Einfach idiotisch«, stellte Peter fest. »Mary Poppins mag ja vieles sein, aber ganz bestimmt nicht ›deformiert‹!«

»Das Ganze scheint tatsächlich keinen Sinn zu ergeben«, erwiderte Justus und blickte zu Andy hinüber. »Aber ich sehe, du hast da noch einen Zettel.«
»Stimmt, aber der gehört zu keinem Tatort. Das war die erste Botschaft, die überhaupt aufgetaucht ist. Mr Wilton, einer der Parkwächter, hat den Briefumschlag in seiner Uniformtasche gefunden.«
»Einfach so?«, wunderte sich Peter.
»Ja, der Täter muss ihm den Umschlag unbemerkt zugesteckt haben. Zunächst hat Mr Wilton der Sache keine Beachtung geschenkt, zumal der Text für ihn überhaupt keinen Sinn ergab. Aber als in den folgenden Tagen die Sabotage-Aktionen begannen, bei denen ähnliche Botschaften gefunden wurden, hat er doch Meldung gemacht. Im Gegensatz zu allen anderen Vorfällen war das der einzige, bei dem eine Nachricht gefunden wurde, ohne dass es vorher einen Anschlag gab. Der Text ist trotzdem Blödsinn: *Das Rauchen von Pfeifen nach Sonnenuntergang ist verboten.*« Er zuckte mit den Schultern. »Mr Wilton raucht weder Pfeife noch Zigaretten, dieses ›Verbot‹ ist also völlig idiotisch.«
Der Zweite Detektiv seufzte. »Da passt ja von vorne bis hinten überhaupt nichts zusammen!«
»Nichts passt, in der Tat …« Mit grübelnd verengten Augen blätterte Justus die fünf Zettel durch. »Vier Taten, fünf Botschaften, kein Zusammenhang …« Plötzlich hielt er inne und schaute mit verschleiertem Blick auf die Wand der Wartungshalle, als ob dort die Lösung geschrieben stünde. Dann wirbelte er zu seinen Freunden herum. »Ich hab's!«
Die Augen des Ersten Detektivs hatten ein altbekanntes Glitzern angenommen. »Andy, du sagtest doch, dass dem Western-Partner von diesem Welbercott seine Pfeife explodiert ist, richtig?«

»Ja, genau – eine sogenannte Peterson-Pfeife mit Navy-Stecker-system.«
»Und fand die Show abends statt?«, wollte Justus wissen.
Andy schüttelte den Kopf. »Nein, nachmittags. Aber die Szene spielte abends, also bei abgedunkeltem Licht.«
»*Das* ist es!«, verkündete der Erste Detektiv aufgeregt. »Die erste Nachricht stand sehr wohl in Zusammenhang mit einem Anschlag, nur wurde er falsch gedeutet – als skrupellose Aktion eines neidischen Kollegen!«
Peter stutzte. »Du denkst, die explodierte Pfeife war auch das Werk des Saboteurs? Das hieße ja …«
»Das hieße, Welbercott ist entweder unschuldig, weil ein anderer den Anschlag begangen hat, oder er selbst ist der Saboteur und hat weit mehr auf dem Kerbholz als nur den Pfeifen-Vorfall!«

# Böses Spiel

Bobs Nervosität stieg von Sekunde zu Sekunde. Normalerweise fühlte er sich in weiblicher Gesellschaft durchaus wohl, aber Alyssa war anders als alle Mädchen, die er je kennengelernt hatte. Ihr absurdes, unberechenbares Verhalten und die völlige Überlegenheit, die sie dabei ausstrahlte, ließen bei ihm sämtliche Alarmglocken läuten. Inzwischen hatte sie ihn dazu aufgefordert, über den Zaun zu steigen und sich im Schutz der Hecke zu ihr ins Gras zu setzen. Dem kleinen Garten war deutlich anzusehen, dass er in den vergangenen Jahren weitgehend sich selbst überlassen gewesen war. Mitten auf dem vertrockneten, gelbbraunen Rasen stand ein großer, vollkommen verschmutzter Umzugskarton, der offensichtlich irgendwann dort abgestellt und nicht wieder weggebracht worden war. Mit einem mulmigen Gefühl erkannte Bob am gegenüberliegenden Ende des Gartens eine selbst gebastelte hölzerne Zielscheibe, auf die mehrfach mit großer Munition geschossen worden sein musste. Beunruhigt wandte er seinen Blick zum Haus.
»Keine Sorge – meine Eltern sind nicht da«, erklärte Alyssa, die offensichtlich die Gedanken des dritten Detektivs gelesen hatte. Sie grinste breit. »Ist auch besser so. Wenn Dad dich hier mit mir sieht, jagt er dir garantiert 'ne Ladung Schrot in den Hintern.«
»Reizend …«, murmelte Bob, der sich gerade bildhaft vorstellte, wie er panisch durch die Nachbargärten floh, während Alyssas wutschnaubender Vater ihm mit einer riesigen Flinte hinterherschoss. »Dann wäre es wohl das Beste, wenn wir das Spiel schnell hinter uns bringen.«
»Keine Hektik – geht ja gleich los.« Mit demonstrativer Ge-

lassenheit drehte sie sich nach hinten und zog den Umzugskarton näher heran, in dem sich offensichtlich irgendetwas Schweres befand.

Bob blinzelte irritiert. »Was soll das denn werden?«

»Ganz einfach«, erwiderte Alyssa ausgelassen. »Wir spielen jetzt das ›Beißt-es-oder-nicht?‹-Spiel.«

Der dritte Detektiv schluckte. Dieser Name gefiel ihm ganz und gar nicht. »Und … wie geht das?«

»Ist ganz leicht. Abwechselnd stellt jeder dem anderen drei Fragen. Wenn die Antwort richtig ist, kommt der andere wieder dran. Und wenn sie falsch ist …«, sie deutete auf ein stoffverhangenes Loch an der rechten Kartonseite, »dann muss derjenige seinen Arm hier reinstecken.« Sie zwinkerte fröhlich. »Tja, und dann ist die große Frage: Beißt es oder nicht?«

In Bobs Kopf hatte sich das Klingeln der Alarmglocken soeben zu einem Sturmläuten gesteigert. »Da ist also … ein *Tier* in dem Karton?«

»Logisch, sonst würde das Spiel ja keinen Sinn machen.«

Trotz der sengenden Hitze lief dem dritten Detektiv eine Gänsehaut über den Rücken. »Und … *was*?«

Alyssa winkte lächelnd ab. »Wenn ich das sage, ist es ja nur der halbe Spaß, Bobo. Aber ich verrate dir, dass es kein Hund und keine Katze ist. Das wäre ja langweilig.«

Mit einer fahrigen Bewegung wischte sich Bob übers Gesicht. Bilder von wimmelnden Schlangen, Skorpionen und Riesenspinnen schossen ihm durch den Kopf. Krampfhaft überlegte er, wie er die groteske Situation irgendwie entschärfen könnte. »Du … du verkohlst mich, oder? In Wahrheit ist da nur ein Stein oder so was drin und du willst mich nur einschüchtern.«

Gelangweilt tippte Alyssa gegen den Karton. »Nicht quatschen – horchen.«

Nach kurzem Zögern beugte sich der dritte Detektiv vor, legte sein Ohr vorsichtig an die Seite des Umzugskartons und hielt die Luft an. Die Erkenntnis seines Irrtums traf ihn wie ein Blitzschlag. Im Inneren war ein dunkles, knurrendes Atmen zu hören! Unwillkürlich zuckte er zurück, den fassungslosen Blick immer noch auf den Karton gerichtet. Erst jetzt fielen ihm die unzähligen kleinen Luftlöcher auf, die in die Oberseite gebohrt waren. Bobs Gedanken wirbelten durcheinander wie Styroporflocken in einer Sturmbö. Eine einzige Frage durchdrang das Chaos in seinem Kopf: *Was in aller Welt ist da drin?* Harmlose Kleintiere wie Mäuse oder Kaninchen schieden definitiv aus, weil sie keine derartigen Geräusche von sich gaben. Und wenn Alyssa die Wahrheit sagte, war es auch kein Hund und keine Katze. Aber was dann? In dem riesigen Karton hätte ohne Weiteres ein ausgewachsener Kojote oder auch ein mittelgroßer Puma Platz, aber die würden sich ja wohl kaum so ruhig verhalten. Es sei denn, das Tier schlief gerade …

Abwehrend hob Bob die Hand. »Ich stecke meinen Arm da nicht rein, auf keinen Fall!«

Andy lehnte sich nachdenklich an die Hebebühne. »Okay, Mr Welbercott könnte also der Saboteur sein. Aber was sollen diese sinnlosen Botschaften?«

Justus hielt die Zettel wie einen weißen Blumenstrauß in die Höhe. »Diese Botschaften sind mitnichten sinnlos, wir haben sie lediglich falsch gedeutet!«

Fragend hob Peter die Augenbrauen. »Wie meinst du das?«

»Wir haben den Fehler gemacht, die Nachrichten in Verbindung mit dem Tatort zu bringen, an dem sie gefunden wurden, so als wären sie bizarre Kommentare zu den Anschlägen. In Wirklichkeit waren es aber Ankündigungen der jeweils *folgenden* Sabotage-Aktion! Seht her ...« Er deutete auf einen der Zettel. »Nach dem Anschlag auf Spider-Man fand man eine Nachricht, in der von aufgeklappten Schirmen die Rede war. Anschließend gingen die Requisiten von Mary Poppins in Flammen auf. Klingelt's bei euch?«

»Natürlich!«, rief Peter. »Mary Poppins' berühmter Regenschirm, mit dem sie aus dem Himmel geflogen kommt!«

»Ganz genau.« Justus lächelte breit. »Und ich verwette meinen nächsten Nachtisch, dass unter den verbrannten Requisiten auch ein Regenschirm war.«

»Nicht einer – es sind gleich zwölf verbrannt«, bestätigte Andy. »In der Box waren sämtliche Ersatzexemplare.«

Der Erste Detektiv deutete auf einen anderen Zettel. »Okay, weiter im Text: Am Tatort des Brandanschlags fand man eine Botschaft, die von hässlichen oder deformierten Personen handelte. Und wenig später –«

»... wurden die Kostüme des Werwolf-Darstellers ruiniert«, führte Peter den Satz zu Ende.

Justus nickte. »Und ein Werwolf ist nichts anderes als ein verwandelter, gewissermaßen deformierter Mensch, den der Vollmond zur reißenden Bestie werden lässt.«

Andy tippte gegen die Karosserie des Plymouth. »Dann müsste sich die Botschaft vom Werwolf-Tatort also auf den anschließenden Anschlag beim Autoscooter beziehen.«

»Richtig.« Justus holte den entsprechenden Zettel hervor. »Die Nachricht lautete, dass es verboten sei rückwärtszufahren.« Er blickte Andy erwartungsvoll an. »Weißt du, ob der Junge ausgesagt hat, in welchem Moment genau er die Kontrolle über den Plymouth verlor?«

»Mensch, Justus – du hast recht! Die Fehlfunktion wurde ausgelöst, als der Junge zum ersten Mal den Rückwärtsgang betätigt hat!«

»Plötzlich fügt sich alles zusammen«, staunte Peter.
»Manchmal kommt es eben einfach auf die richtige Reihenfolge an«, stellte Justus fest. »Der erste Anschlag war somit nicht der Vorfall mit Spider-Man, sondern die Explosion der Pfeife in der Western-Show.«
»Dann müsste bei der Westernbühne also auch eine Botschaft versteckt sein«, folgerte Andy. »Man hat sie nur nicht entdeckt, weil wir nicht danach gesucht haben.«
Peter hob auffordernd die Hand. »Na, dann nichts wie hin!«
Bis zum Western-Bereich war es nicht sehr weit. Wie schon in der Galactic World war auch hier alles auf den Themen-Schwerpunkt ausgerichtet. Die imposante Bühne war im Stil einer klassischen Pionierstadt aus der Zeit des Wilden Westens gestaltet, einschließlich Saloon, Sheriff's Office, Schmiede und Poststation. Gerade lief eine *Rio-Bravo*-Show, in der ein verblüffend echt aussehender John-Wayne-Darsteller gemeinsam mit seinen Verbündeten gegen die schießwütige Bande des Gangsters Burdette antrat.
Etwa zehn Minuten später ging die Show unter dem jubelnden Applaus des Publikums zu Ende. Bevor das nächste Programm begann, hatten die Jungen eine Viertelstunde Zeit, um die Bühne zu untersuchen. Tatsächlich wurde Peter bereits nach wenigen Augenblicken an der Saloon-Schwingtür fündig. Triumphierend hielt er einen klein gefalteten Briefumschlag in die Höhe, der an der Unterseite geklebt hatte. Rasch öffnete er ihn und las die darin enthaltene Nachricht laut vor:
*»Es ist verboten, eine Straße im Handstand zu überqueren.«*
»Bingo!«, rief Andy. »Das bezieht sich eindeutig auf die Spider-Man-Nummer.«
»Damit wäre die Reihe also komplett«, stellte Justus fest.
Nachdenklich kratzte sich Peter am Kopf. »Okay – der Saboteur hinterlässt also immer eine Nachricht in Form eines selt-

samen Verbots und kündigt damit seinen nächsten Anschlag an. Aber warum tut er das?«

»Es ist eine Demonstration von Macht«, erklärte Justus und sah Andy ernst an. »Der Täter will euch gleich zweifach schaden: einerseits durch seine Anschläge und andererseits durch die aufgebaute psychische Belastung, wenn ihr die Botschaften nicht schnell genug löst, um das Unglück abzuwenden. Ein bitterböses Spiel, das immer wieder von vorn beginnt.«

»Einfach teuflisch«, zischte Peter mit finsterer Miene. Dann atmete er tief durch. »Okay, damit hätten wir also geklärt, wie die bisherigen Nachrichten und Anschläge miteinander zusammenhängen. Und um die nächste Aktion zu verhindern, müssen wir jetzt den verrückten Giraffen-Text entschlüsseln. Hat jemand eine Idee?«

»Damit wir alle auf demselben Stand sind, mache ich mit dem Handy jetzt erst mal Fotos von den Botschaften und sende sie Bob«, erklärte Justus, der inzwischen sein Mobiltelefon hervorgeholt hatte. »Wenn wir Glück haben, kann er vielleicht irgendetwas dazu recherchieren. Falls nicht, müssen wir –«

Doch bevor Justus seinen Satz vollenden konnte, durchbrach ein lauter Ruf die Musik und das allgegenwärtige Gemurmel der Menschenmassen.

»Hilfe! Haltet ihn!«

# Beißt es oder nicht?

Alyssa zuckte mit den Schultern. »Liegt ganz bei dir. Entweder du spielst mit oder wir testen, wie schnell ich die Nachbarn herbeischreien kann. Fernando von gegenüber ist ziemlich fix und stark obendrein. Er betreibt alle möglichen Kampfsportarten. Angeblich kann er mit einem einzigen Handgriff –«

»Schon gut, schon gut«, unterbrach der dritte Detektiv sie hastig. »Vielleicht beantworte ich deine Fragen ja richtig und muss gar nicht da reingreifen.«

»Das ist die richtige Einstellung, Bobo!«, lobte Alyssa. »Dann stelle ich dir jetzt die erste Frage.«

Unter anderen Umständen hätte sich Bob erkundigt, warum sie und nicht er die erste Frage stellen durfte, aber das hier war Alyssas Spiel, also spielten sie es nach ihren Regeln.

Mit gekräuselten Lippen ließ das Mädchen den Blick schweifen, so als würde es scharf nachdenken. »Aaalso – auf einer Skala von eins bis zehn, wie schön bin ich?«

Bob konnte nicht glauben, was er da gerade gehört hatte. »Du … willst wissen, wie *schön* du bist?!«

»Jepp.«

»Aber …«, er gestikulierte wild mit den Händen herum, »das kann man unmöglich richtig oder falsch beantworten! Das ist doch keine Wissens-, sondern eine Geschmacksfrage!«

Unbeeindruckt deutete Alyssa zum Nachbarhaus. »Antwort oder Fernando.«

Fieberhaft überlegte Bob, was sie wohl hören wollte. Sicher war es das Beste, ihr zu schmeicheln. »Okay. Du bist … eine Neun.«

»Quatsch!«, widersprach Alyssa verärgert. »Ich bin allerhöchstens eine siebeneinhalb und das weißt du auch!«

»Nein – das stimmt nicht!« Gehetzt rang der dritte Detektiv um die richtigen Worte. »Ich … ich finde dich wirklich toll. Eine echte Neun, ganz ehrlich!«
»Soso …« Sie verengte die Augen und fixierte ihn mit einem herausfordernden Lächeln. »Wenn ich wirklich eine Neun für dich bin, daaann … willst du mich doch bestimmt gerne küssen, stimmt's?«
»Äh …« Bob kam sich vor wie ein Hamster in einem Käfig voller Mausefallen. Egal wohin er auch trat, dauernd schnappte irgendeine Falle zu. Schweißgebadet suchte er nach einer halbwegs glaubwürdigen Ausrede.
»N-natürlich würde ich dich gerne küssen, das … wäre echt super, aber … wenn uns die Nachbarn sehen und das deinen Eltern erzählen, dann –«
»Im Lügen bist du echt 'ne Niete, Bobo«, schnitt ihm Alyssa das Wort ab und tippte vielsagend an den Karton. »Also, dann …«
Es gab keinen Ausweg. Mit gequältem Gesichtsausdruck blickte Bob auf seine linke Hand und nahm die Armbanduhr ab. Da er Rechtshänder war, würde er die Beiß-Mutprobe lieber mit links durchführen. Falls etwas schiefging, wäre es zwar vorbei mit dem Zehnfingersystem am Computer, aber er könnte immerhin noch handschriftlich die Protokolle führen. Reiß dich zusammen, Bob!, versuchte der dritte Detektiv seine gruseligen Gedanken zu verdrängen. So verrückt Alyssa auch war, sie würde bestimmt nicht riskieren, dass jemand in ihrem Garten ernsthaft verletzt wurde. Oder doch?
Er blickte sie durchdringend an, doch ihr Gesicht blieb undurchschaubar wie das einer Sphinx. Nachdem er mehrere Male tief durchgeatmet hatte, kroch er so leise wie möglich zu der verdeckten Öffnung am Karton. Sein Herz schlug ihm bis zum Hals, als er die Hand vor dem stoffverhangenen Loch

in Position brachte. Sosehr er sich auch anstrengte, es war unmöglich, einen Blick in das Innere zu werfen. »Wie ... tief muss ich den Arm denn reinstecken?«, flüsterte er gepresst.
»Na, bis zum Ellenbogen«, erwiderte Alyssa mit einer Miene, als wäre das doch vollkommen selbstverständlich.
»Und wie lange?«
Sie ließ eine weitere Kaugummiblase platzen. »Genau zehn Sekunden.«
Zwei Sekunden für jeden Finger – zum Abbeißen reicht das völlig, schoss es dem dritten Detektiv durch den Kopf.
»Einen Tipp noch, Bobo ...« Alyssa machte mit ihrer Hand eine Aufwärtsbewegung. »Halt den Arm möglichst hoch.«
»Vielen Dank«, zischte Bob leise und begann, mit angehaltenem Atem seine Hand Millimeter für Millimeter in das Loch zu schieben. In Gedanken sah er im Inneren des Kartons ein zusammengekauertes schwarzes Untier mit riesigem Maul und rasiermesserscharfen Zähnen, das nur darauf wartete, alles zu zerfleischen, was zu ihm vordrang. Jetzt steckte Bobs Arm bis zum Ellenbogen in der Öffnung. Sein Puls raste und der Schweiß rann in Strömen von seiner Stirn herab. Aus der Nähe stellte er beunruhigt fest, dass der Karton rund um das Loch mit zahlreichen dunklen Spritzern bedeckt war. Etwa Blut? Bloß nicht zittern! Bloß nicht zittern!, beschwor er sich und horchte angestrengt. Hatte sich das Atmen gerade verändert? Ja, er war sich ganz sicher! Da war plötzlich eine seltsame Stille, so als sei das Tier erwacht und würde plötzlich innehalten. Innehalten, um den Eindringling ins Visier zu nehmen. Viel schlimmer als die Stille war jedoch das aggressive Knurren, das nun einsetzte ...

Andy, Justus und Peter waren indessen, so schnell es die Menschenmassen zuließen, in die Richtung geeilt, aus der sie den

Hilferuf gehört hatten. An einer der Nebenbühnen sahen sie, wie zwei Besucher einer am Boden liegenden älteren Dame dabei halfen, wieder aufzustehen.
Schnell trat Andy hinzu und zeigte seinen Mitarbeiter-Ausweis. »Mein Name ist Andy Carson, ich arbeite hier. Was ist passiert, Madam?«
»Meine Kamera!«, keuchte die Frau und hob zitternd ihre rechte Hand. Mit dem anderen Arm hielt sie fest ihre Handtasche umklammert. »Jemand hat mir meine Fotokamera aus der Hand gerissen und mich dann umgestoßen.«
Alarmiert blickte sich Peter um. »Wer war es?«
»Ich … weiß nicht.« Die immer noch schwer atmende Frau rieb sich ihre offensichtlich schmerzende Schulter.
»Können Sie sagen, wie der Dieb aussah?«, fragte der Erste Detektiv in betont ruhigem und freundlichem Tonfall.
»Ich … ich glaube, es war ein Mann, aber vom Gesicht war nichts zu sehen … Er trug einen unheimlichen Helm mit verspiegeltem Visier und … einen dunkelblauen Ganzkörper-Anzug mit mehreren leuchtend hellen Streifen.«
»Das gefällt mir nicht«, flüsterte Andy seinen Freunden zu. »Die Beschreibung passt auf mehrere Kostüme, die hier im Park eingesetzt werden, drüben in der *Tron*-Show oder im Action-Bereich, zum Beispiel bei *G. I. Joe* oder den *X-Men*.«
Justus zögerte. »Du meinst also … es könnte einer eurer Darsteller gewesen sein?«
»Eigentlich kann ich es mir nicht vorstellen. Warum sollte einer meiner Kollegen eine Fotokamera stehlen wollen? Die Gagen hier sind wirklich gut, besonders für die Show-Leute.«
»Das Ganze ist in der Tat höchst sonderbar. Dennoch müssen wir jeder Spur nachgehen, auf die wir stoßen.« Nachdenklich wandte sich Justus an das junge Pärchen, das der Dame zu Hilfe gekommen war. »Habt ihr den Dieb ebenfalls gesehen?«

»Nein«, erwiderte der braun gelockte Jugendliche im bunten Surfer-Look und legte den Arm um seine Freundin. »Wir müssen ganz knapp zu spät gekommen sein. Als wir die Lady am Boden sahen, war der Typ schon verschwunden.«

»Lüge! Alles Lüge!«

Wie ein Kastenteufel sprang plötzlich ein drahtiger kleiner Mann herbei, der es offensichtlich erst jetzt geschafft hatte, sich zwischen den gaffenden Besuchern hindurchzuzwängen. Er war etwa fünfzig, trug einen zerknitterten braunen Anzug mit senfgelber Krawatte und einen schmalkrempigen dunklen Hut, der ihm mindestens eine Nummer zu klein war. Wild gestikulierend und mit hochrotem Kopf redete er in rasantem Tempo auf die Jungen ein. »Ich weiß nicht, was ihr hier abzieht, aber jetzt ist endgültig Schluss damit! Ihr wollt wissen, warum? Okay-okay-okay, ich sag's euch: Weil ich hier bin, um den wahren Täter dingfest zu machen und der Gerechtigkeit zum Sieg zu verhelfen! Wenn Amateure versagen, muss eben ein stahlharter Profi ran!«

Andy gab einen tiefen Seufzer von sich und deutete mit angestrengter Miene auf den Neuankömmling. »Darf ich vorstellen: Nicky DeLores. Er arbeitet drüben im Action-Bereich in der *Lethal-Weapon*-Show und spielt dort den völlig überdrehten Privatschnüffler Leo Getz.« Auf das Wort »überdreht« legte Andy eine deutliche Betonung. »Seit hier im Park jemand sein Unwesen treibt, ist Nicky ständig auf der Lauer, um ihn zu fassen.«

Den Filmkennern Justus und Peter wurde sofort klar, warum ihnen der zappelige kleine Mann so bekannt vorkam: Er schien völlig in seiner Kino-Rolle aufzugehen.

Beschwichtigend hob der Erste Detektiv die Hand. »Mr DeLores, wir sind Ihnen für jeden sachdienlichen Hinweis dankbar, aber wie kommen Sie darauf, jemand hätte gelogen?«

»Wie ich darauf komme??« Der Mann starrte ihn mit einem Gesichtsausdruck an, als hätte Justus ihm gerade einen Heiratsantrag gemacht. »Na, weil hier gelogen wird, dass sich die Balken biegen! Bei so viel Schwachsinn fallen einem ja die Ohren ab! Der Dieb ist überhaupt nicht verschwunden, sondern immer noch da!«
Verdutzt legte Andy den Kopf schief. »Er ist immer noch da? Und wo, bitte schön?«
»Da steht er doch!«, keifte DeLores und zeigte aufgeregt auf den hilfsbereiten Jugendlichen. »Er und seine Komplizin waren über das Opfer gebeugt! Ich stand dort drüben auf der Treppe, als es passiert ist, und hab's ganz genau gesehen!«
»Sie spinnen wohl!«, rief die Freundin erbost. »Scott und ich haben der armen alten Dame geholfen, nachdem man sie umgestoßen hat!«
»Ha! Umgestoßen! Um-ge-sto-ßen!« DeLores dehnte jede Silbe und blickte Andy und die beiden Detektive mit aufgerissenen Augen an. »Habt ihr's gehört? Sie hat gerade zugegeben, die Ommi umgestoßen zu haben – damit ist die Sache endgültig klar!«
»Das ist völliger Unsinn!«, meldete sich nun die ältere Dame zu Wort, die in der Zwischenzeit wieder ein wenig zu Kräften gekommen war. »Ich wurde von einem dunkelblau gekleideten Rowdy mit Helm beraubt und diese reizenden Jugendlichen haben mir hinterher geholfen.«
Mr DeLores stand für einen Moment einfach nur stumm da, so als hätte ihm jemand den Strom abgestellt. Dann wirbelte er wieder zu den Jungen herum und wedelte wild mit dem Zeigefinger durch die Luft.
»Okay-okay-okay, da lag ein kleines Missverständnis vor. Von dahinten habe ich die Situation wohl geringfügig falsch gedeutet – das kann sogar einem Profi mal unterlaufen. Aber

gerade eben habe ich mir den exakten Ablauf noch mal vor mein inneres Auge gerufen. Ich besitze nämlich ein phänomenales fotografisches Gedächtnis, müsst ihr wissen.«

»Und was ist dabei herausgekommen?«, fragte Andy, hörbar genervt.

DeLores' Zeigefinger zuckte zu Peter hinüber. »Ganz klar – *er* war's!«

# Drei Fragen und ein weißes Licht

Hektisch blickte Bob zu Alyssa hinüber, die mit erhobenen Fingern die Sekunden herunterzählte. Noch drei ... zwei ... eins ... *jetzt*! Mit einem heiseren Keuchen riss Bob den Arm wieder heraus und ließ sich rücklings ins Gras plumpsen. Während er noch japsend nach Luft schnappte, deutete Alyssa dezenten Applaus an. »Bravo, Bobo!« Sie grinste breit. »Und die Hand ist sogar noch dran – Respekt! Zur Belohnung darfst du jetzt deine Frage stellen.«

Inzwischen war der dritte Detektiv wieder einigermaßen zu Atem gekommen. Mit finsterer Miene wandte er sich zu dem Mädchen um. Er musste nicht lange überlegen, was er von Alyssa wissen wollte.

»Warum, zum Henker, machst du das??«

Sie pustete eine weitere Kaugummiblase auf und ließ sie genussvoll platzen. »Langeweile, weil ich den ganzen Tag hier rumhängen und die Straße beobachten muss.«

Bob blinzelte irritiert. »Wieso musst du das denn?«

Bedächtig schüttelte Alyssa den Kopf. »Das ist eine neue Frage, Bobo. Jetzt bin ich wieder dran.« Sie neigte den Kopf und blickte ihm scharf in die Augen. »Diese L.A.-Post-Sache vorhin – hast du da die Wahrheit gesagt?«

Bob presste die Lippen zusammen und wich ihrem Blick aus. Er schloss kurz die Augen und atmete tief aus. Dann hob er den Kopf und sah sie fest an. »Nein, das habe ich nicht.«

Alyssa lächelte zufrieden. »Na bitte – ist doch gar nicht so schwer, die Wahrheit zu sagen. Jetzt bist du wieder dran.«

Mit einem befreiten Seufzen strich sich Bob durch die verschwitzten Haare. »Du kennst die Frage ja schon: Warum musst du die Straße beobachten?«

»Weil ich dafür bezahlt werde, nach Cops Ausschau zu halten.« Sie sagte das, als sei es das Natürlichste auf der Welt.
Instinktiv wollte Bob nachhaken, doch Alyssa machte ihm mit drei ausgestreckten Fingern klar, dass das bereits seine dritte Frage wäre. Also schloss er den Mund wieder und wartete darauf, was sie als Letztes von ihm wissen wollte.
»Warum bist du wirklich hier, Bobo?«
Diesmal antwortete er, ohne zu zögern. »Ich bin Detektiv und im Auftrag eines Klienten hier, um eine verdächtige Person zu observieren.«
»Wow«, murmelte das Mädchen verblüfft. »Das ist so verrückt, dass es garantiert stimmt.«
Mit einem Schlag fiel die extreme Anspannung der vergangenen Minuten von Bob ab. Er hatte es tatsächlich überstanden. Erleichtert legte er sich seine Armbanduhr wieder an und wandte den Blick Alyssa zu, die nun eine einladende Handbewegung machte. »Also dann – Zeit für deine Frage drei.«
»Okay: Wer hat dich beauftragt, auf der Straße nach Polizisten Ausschau zu halten?«
Das Mädchen grinste. »War ja klar, dass ein Detektiv diese Frage stellen musste.« Sie deutete die Straße hinunter. »Der Typ heißt Katic, wohnt drüben in dem Wohnblock. Ist gerade aus dem Knast raus und will wohl nicht so schnell wieder rein.«
Der dritte Detektiv konnte es kaum glauben. Durch einen völlig absurden Zufall wurde die Katic-Spur plötzlich richtig heiß.
»Du … wirst diesem Typen aber nicht sagen, dass ich hier war, oder?«, fragte er misstrauisch.
»Warum sollte ich?«, erwiderte sie schelmisch. »Ich soll ja bloß auf Cops und seinen Bewährungshelfer achten. Von Detektiven war nie die Rede.«

»Und … hat er dir gesagt, warum sich die Polizei für ihn interessieren könnte?«
Alyssa stand auf und strich sich versonnen einige Grashalme vom Saum ihres Kleids. »Du kennst die Regeln, Bobo: drei Fragen, drei Antworten. So ist das Spiel.«
Auch Bob erhob sich und nahm seine graue Mappe vom Rasen auf. Er wusste, dass er keine weiteren Informationen mehr erhalten würde. Alyssa begleitete ihn zum Zaun und streckte ihm zum Abschied die Hand entgegen. »Mach's gut, Bobo. Hat Spaß gemacht, dich kennenzulernen. Du bist echt was Besonderes.«
Erst war sich der dritte Detektiv unsicher, ob er die Geste annehmen sollte, aber dann tat er es doch und schüttelte ihr die Hand. »Das … bist du auch.« Er lächelte schief. »Viel besonderer geht's wirklich nicht.«
Mit strahlenden Augen erwiderte Alyssa sein Lächeln. »Es gibt nur wenige, die das weiße Licht in sich tragen. Du gehörst dazu.«
Bob hatte nicht die geringste Ahnung, was sie damit meinte, doch statt einer Erklärung beugte sie sich vor und hauchte ihm einen Kuss auf die Wange. Dabei flüsterte sie: »Wir werden uns irgendwann wiedersehen …«
Mit einem unbestimmbaren Kribbeln in der Magengegend verließ Bob das seltsame Mädchen in ihrem seltsamen Garten. Nach einigen Schritten hielt er inne und drehte sich ein letztes Mal zu Alyssa um. »Was … ist denn nun eigentlich in dem Karton?«
Sie schüttelte, immer noch lächelnd, den Kopf. »Glaub mir, Bobo – das willst du gar nicht wissen …«

»Ich??«, platzte es aus dem Zweiten Detektiv hervor.
»Leugnen ist zwecklos, Bürschchen!«, zeterte DeLores. »Die

Täterbeschreibung passt hundertprozentig: blaue Jeans und dunkelblaues T-Shirt! Und deinen Helm finden wir bestimmt ganz in der Nähe!« Triumphierend grinsend verschränkte Mr DeLores die kurzen Arme vor der Brust. »Jaaa – da staunst du! Hättest wohl nicht gedacht, dass man dir so schnell auf die Schliche kommt, was?! So, und nun her mit der Beute!«

Doch bevor Peter reagieren konnte, kam ein hochgewachsener, etwa vierzigjähriger Mann auf die kleine Gruppe zugeeilt. Er hatte ein scharf geschnittenes Gesicht, tiefschwarze Haare, die streng zurückgekämmt waren, und einen schmalen Oberlippenbart, der ihn ein wenig wie den Stummfilmstar Douglas Fairbanks aussehen ließ. Am Revers seines anthrazitfarbenen Maßanzugs steckte eine Schmucknadel mit dem Logo des Movie Empire. Ihm folgten zwei grimmig dreinschauende Männer, die offensichtlich zum Sicherheitspersonal gehörten.

»Das ist Nash Grayston, der Direktor des Parks«, murmelte Andy seinen Freunden zu. »Er leitet die Jagd nach dem Saboteur höchstpersönlich.«

Inzwischen war das Trio bei ihnen angekommen und die bei den Sicherheitsleute baten die immer noch zahlreichen Schaulustigen weiterzugehen.

»Was ist hier vorgefallen?«, fragte Grayston in scharfem Tonfall, ohne sich vorzustellen. Sein Blick strahlte die geschäftsmäßige Kälte eines Machtmenschen aus.

Wild mit den Händen herumfuchtelnd meldete sich Mr DeLores hastig zu Wort. »Sie wollen wissen, was los war, Herr Direktor? Okay-okay-okay, ich sag's Ihnen: Nach langen und höchst schwierigen Ermittlungen ist es mir endlich gelungen, den hinterhältigen Ganoven zu überführen, der uns immer wieder durch die Lappen gegangen ist!«

»Von wegen überführt!«, rief Peter zornig. »Herumnerven und dummes Zeug quatschen – das ist alles, was Sie können!«

Reflexartig ergriff Justus das Wort, so wie er es immer tat, wenn er die Anwesenheit der Detektive an einem Tatort zu erklären hatte.

»Mr Grayston, wenn ich die komplexe Sachlage aufklären dürfte: Mein Name ist Justus Jonas und das ist Peter Shaw. Wir beide sind –«

»… die beiden Praktikanten, die ich gerade in alles einweise«, unterbrach ihn Andy hastig.

Verdattert riss Peter die Augen auf. »Aber …« Doch Andys durchdringender Blick ließ ihn sofort wieder verstummen.

Abschätzig musterte Grayston die beiden Jungen. »Soso. Dann sorg dafür, dass sie ihre Uniformen erhalten, klar? Ich dulde nicht, dass Park-Angehörige in Zivil herumlaufen.«

»Natürlich, Sir.« Andy deutete auf die alte Dame. »Wir waren gerade auf dem Weg zur Umkleide, da hörten wir diese Lady um Hilfe rufen.«

In knappen Sätzen berichtete er nun von dem Überfall und dem anschließenden Missverständnis von Mr DeLores, der sich allerdings immer noch uneinsichtig zeigte und wie ein Rohrspatz herumschimpfte. Nachdem jedoch sowohl die Dame als auch das Pärchen Andys Schilderungen bestätigt hatte, sprach der Direktor ein Machtwort und wies DeLores an, wieder zu seiner Show zurückzukehren. Andy, Justus und Peter erteilte er die Erlaubnis, ihren Einführungs-Rundgang fortzusetzen, nachdem die »Praktikanten« sich umgezogen hätten. Anschließend bat Grayston die Dame und die beiden Jugendlichen, ihn in sein Büro zu begleiten, um alles Weitere zu besprechen. Als sie außer Hörweite waren, wandte sich der Erste Detektiv mit strenger Miene an Andy.

»Würdest du uns bitte verraten, was das gerade zu bedeuten hatte? Wieso hast du uns als Praktikanten ausgegeben?«

»Entschuldigt bitte«, erwiderte Andy zerknirscht. »Mr Grayston wünscht keine Einmischung von außen, weil er befürchtet, dass die Besucher dadurch verunsichert würden. Deshalb ist er auch strikt dagegen, die Polizei hinzuzuziehen.«

»Verstehe.« Peter kickte einen kleinen Kiesel beiseite. »Aber beim nächsten Mal wäre es nicht schlecht, wenn du uns solche Informationen einen Tick früher mitteilen würdest.«

»Du hast natürlich recht. Ich wollte euch alle Einzelheiten erzählen, wenn wir uns mit Judy treffen. Sie ist eingeweiht und weiß, dass wir sozusagen unter dem Radar ermitteln müssen, damit der Direktor nichts mitkriegt. Ich konnte ja nicht ahnen, dass wir sofort in einen Vorfall verwickelt werden und Grayston plötzlich auftaucht.«

»Darum musstest du schnell improvisieren«, folgerte Justus.

»Genau.« Andy blickte sich um. »Damit wir keinen Ärger kriegen, solltet ihr euch aber vielleicht wirklich erst mal umziehen. Die Nervensäge DeLores sind wir zwar fürs Erste los, aber der hat euch ab jetzt garantiert auf dem Kieker und wird jede Gelegenheit nutzen, euch bei irgendeinem Fehltritt zu erwischen.«

»Dieser kleine Giftzwerg …«, murmelte Peter genervt. »Wieso kann der eigentlich hier überall rumlaufen? Der muss doch in seiner Show auftreten, oder?«

»Ja, natürlich. Aber es gibt regelmäßig Pausen und in denen flitzt er kreuz und quer durch den Park, um den Saboteur zu fassen.«

»Wirklich reizend.« Justus seufzte und wischte sich über die verschwitzte Stirn. »Na gut, damit uns Mr DeLores nicht beim Direktor verpetzt, werden Peter und ich uns eine schöne, dicke Uniform zulegen …«

# Ein Schläger, ein Koch und eine stählerne Lady

Immer noch wirbelten die Gedanken wild in Bobs Kopf umher. Wenn er es nicht besser wüsste, würde er glauben, er hätte das irrwitzige Erlebnis mit Alyssa nur geträumt. Dieses Mädchen war völlig ausgeflippt, respektlos, frech und ... interessant. Er biss sich auf die Unterlippe. Jetzt war keine Zeit für irgendwelchen Gefühlsunsinn. Er musste sich auf sein Vorhaben konzentrieren, schließlich hatte er schon genug Zeit verloren. Immerhin war nun eindeutig klar, dass Gregory Katic irgendetwas im Schilde führte.

Inzwischen hatte der dritte Detektiv den schäbigen Wohnblock erreicht. Hineinzukommen würde kein Problem sein, denn die Eingangstür stand weit offen. Jemand hatte sie mit einem abgerissenen Stück Pappe verkeilt, sodass sie nicht mehr zufallen konnte. Wenn er die Anordnung der nummerierten Briefkästen richtig deutete, musste O'Keefe und somit auch Katic im zweiten Stock wohnen. Bob beschloss, zunächst vorsichtig nach oben zu steigen und zu überprüfen, ob jemand zu Hause war, bevor er sich nach dem braunen Mercury umschaute.

O'Keefes Apartment lag auf der rechten Seite eines schmalen Flurs, dessen schmutzig-grauer Linoleumboden sich bereits an mehreren Stellen wellte. Ausgerechnet jetzt setzte von links laute Reggae-Musik ein. In einer anderen Wohnung wurde heftig auf Spanisch gestritten. Bob würde wohl oder übel sein Ohr direkt an die Wohnungstür pressen müssen, um festzustellen, ob jemand anwesend war. Doch gerade als er sich in perfekter Lauschposition befand, wurde die Tür plötzlich schwungvoll aufgerissen. Ein muskulöser, tätowierter Mann mit Glatze starrte Bob direkt in die Augen.

Nachdem sich Justus und Peter umgezogen hatten, führte Andy sie zur Snack-Meile, um ihnen endlich die versprochene Limonade zu besorgen. Kaum auf der Imbisspromenade angekommen, lief dem Ersten Detektiv bereits das Wasser im Mund zusammen: Hier gab es nichts, was es nicht gab. Jeder Stand bot etwas anderes: Hamburger und Pommes frites in allen erdenklichen Variationen, Hotdogs, Spareribs, Chicken-Wings, Pizza, Nachos, Tortillas und Burritos. Plötzlich ließ ein überraschter Ruf die Freunde innehalten.

»Andy?!«

Neugierig drehten sich die Jungen zu dem lächelnden Mann um, der nun an sie herantrat. Er war in den Dreißigern, hatte kurze braune Haare und trug eine blütenweiße Kochjacke. Mit gespielt tadelnder Miene blieb er vor Andy stehen.

»Du willst deinen Freunden doch wohl nicht dieses Fast-Food-Zeug andrehen, oder?«

Andy erwiderte das Lächeln und hob demonstrativ seinen Pappbecher. »Keine Sorge – wir haben uns nur was zu trinken geholt und treffen uns gleich mit Judy. Und was machst *du* hier an diesem ›sündigen‹ Ort?«

Der Mann in Weiß deutete in Richtung Ausgang. »Ich habe vorhin den Gewürzstreuer mit meiner Spezialmischung im Wagen vergessen. Ohne die bin ich nur ein halber Mensch.« Er blickte fragend zu den beiden Detektiven.

»Oh, Verzeihung.« Mit entschuldigender Geste wandte sich Andy zu seinen Freunden um. »Darf ich vorstellen: Mirco Ray, der Küchenchef im Gourmet Garden und mehrfach ausgezeichneter Spitzenkoch. Er versucht tapfer, mich zur ›guten Küche‹ zu bekehren, und ist dabei auch ziemlich erfolgreich.

Seinen Spezialitäten kann man einfach nicht widerstehen. Außerdem hat er jede Menge Humor und ist absolut vertrauenswürdig. Wir können also ganz offen reden.« Er deutete auf seine Freunde. »Und das hier sind Justus und Peter. Die Park-Uniformen sind sozusagen Tarnung. In Wahrheit sind sie Detektive, die uns helfen wollen, den Saboteur zu schnappen.«
Stutzend legte Mr Ray den Kopf schief. »Moment mal … Justus und Peter? Dann gehört ihr zu den drei ???, stimmt's? Ich habe schon einige Male in der Zeitung von euch gelesen. Find ich richtig klasse, was ihr macht!«
»Vielen Dank, Sir«, erwiderte Justus. »Wir sind tatsächlich zwei Drittel der drei ???. Unser Kollege Bob ist gerade anderweitig beschäftigt. Wenn ich Ihnen unsere Karte geben darf?« Er zog eine seiner Visitenkarten hervor und überreichte sie dem Koch.

Strahlend steckte Mr Ray die Karte ein. »Wie schön, euch mal ›live‹ zu begegnen. Wenn ihr zwischendurch Zeit habt, müsst ihr unbedingt bei mir im Restaurant vorbeischauen. Einen netten Besuch könnte ich zur Abwechslung gut gebrauchen.«

»Zur Abwechslung?«, wunderte sich Andy. »Hat's Ärger gegeben?«
»Wie man's nimmt«, erwiderte der Koch säuerlich. »Vorhin war die ›stählerne Lady‹ bei uns zu Gast.«
Justus stutzte. »Die stählerne Lady?«
»Ach, dann hattet ihr also noch nicht das Vergnügen«, folgerte Mr Ray. »Meine Kollegen und ich haben sie wegen ihres charmanten Charakters so genannt. Mrs Woodrow überprüft im Auftrag von Direktor Grayston die Sicherheit der einzelnen Abteilungen. Vorsichtsmaßnahmen wegen dieser miesen Sabotage-Akte.«
»Und sie war nicht sonderlich nett«, vermutete Andy.
»Das wäre noch freundlich ausgedrückt. Hätte ich gar nicht gedacht, als sie reinkam. Lange, feuerrote Haare, Sommersprossen, süßer Texas-Akzent, aber humorlos wie ein Kühlschrank. Überall hatte sie was zu meckern. Ich konnte sie nicht mal mit meiner herrlichen Teriyaki-Soße aufheitern. Solche Leute sind mir ja grundsätzlich suspekt.«
»Na, dann laufen wir dieser Stahl-Lady hoffentlich nicht über den Weg«, entgegnete Andy. »Unser Tag wird sowieso aufregend genug.«
»Auf die Einladung kommen wir später übrigens gerne zurück«, ergänzte Justus lächelnd. »Vorher müssen wir aber erst noch diesen Fall lösen.«
»Natürlich«, erwiderte Mr Ray schmunzelnd und winkte zum Abschied. »Und wenn ihr's geschafft habt, zaubere ich euch als Belohnung ein exklusives Drei-???-Menü!«
Nachdem sie sich von dem sympathischen Koch verabschiedet hatten, schlenderten die Jungen weiter.
»Judy hat ihr Büro im sogenannten Koordinationszentrum«, erklärte Andy. »Das ist ein Gebäudekomplex mit einem schmalen Turm auf dem großen Freiluftgelände. Dort gehen

alle Daten und Informationen ein. Auch der Sicherheitsdienst mit Zugriff auf alle Park-Kameras ist dort untergebracht. Und ganz oben hat Direktor Grayston sein Büro. Eine Art seitlich verglaste Kuppel – wie ein Adlerhorst, von dem aus er alle Bereiche seiner Filmwelt überblicken kann.«
Etwa zehn Minuten später hatten sie ihr Ziel erreicht. Das hoch aufragende Koordinationszentrum stand inmitten einer großen Grünanlage und erinnerte ein wenig an den Tower eines Flughafens. Allerdings war die Fassade sehr viel eleganter gestaltet und von oben bis unten mit riesigen Plakaten berühmter Filme bespannt, von Klassikern wie *Der Zauberer von Oz* und *Casablanca* bis hin zu Kassenschlagern wie *Harry Potter* und *Der Herr der Ringe*. Nachdem sie unter den wachsamen Blicken des Pförtners den Eingang passiert hatten, ging es mit dem Fahrstuhl in die dritte Etage. Am Ende eines matt glänzenden Flurs klopfte Andy an die letzte Tür auf der rechten Seite. Eine helle Frauenstimme bat sie herein.
Judy Nigel war eine attraktive Frau Mitte zwanzig, der das kastanienbraune Haar locker über die Schultern fiel. Sie trug ein schlichtes, aber dennoch stilvolles Businesskleid im selben blauen Farbton wie die Park-Uniformen. Im Gegensatz zu Direktor Grayston wirkte sie keineswegs distanziert oder gar herablassend, sondern offen und herzlich. Mit einem freundlichen Lächeln bat sie die Jungen, auf den bequemen, lederbespannten Stühlen Platz zu nehmen. Sie selbst setzte sich wieder an ihren chromglänzenden Schreibtisch, hinter dem eine große Panoramascheibe einen überwältigenden Blick auf das gesamte nördliche Parkgelände gewährte. Aufmerksam blickte Mrs Nigel ihre Gäste an.
»Ihr seid also zwei der drei berühmten Detektive aus Rocky Beach. Es freut mich außerordentlich, dass ihr kommen konntet. Justus und Peter, richtig?«

»So ist es«, erwiderte der Erste Detektiv lächelnd. »Sehr angenehm, Mrs Nigel.«
»Ihr könnt ruhig Judy und ›du‹ zu mir sagen.«
»Gerne«, erwiderte Peter fröhlich.
Judy lehnte sich in ihrem Stuhl zurück. »Ich bin sehr dankbar, dass ihr uns mit euren umfangreichen Ermittlungserfahrungen unterstützen wollt. Da unser Direktor ja jede offizielle Einmischung ablehnt, können wir eure Hilfe wirklich gebrauchen.« Sie warf einen mitfühlenden Blick auf Justus' stramm über dem Bauch gespannte Uniformjacke. »... auch wenn ihr das leider nur undercover tun könnt.«
»Mach dir deswegen keine Gedanken«, entgegnete der Erste Detektiv. »Wir waren schon in weitaus unbequemeren Verkleidungen auf Verbrecherjagd. Außerdem haben wir so den Vorteil, dass wir quasi unsichtbar sind. Die Besucher sind den Anblick dieser blauen Park-Uniformen ja gewohnt, da werden wir bei unseren Nachforschungen überhaupt nicht auffallen.«
»Und wenn einer der Kollegen nachfragt, stelle ich euch einfach wieder als Praktikanten vor«, ergänzte Andy.
Judy nickte. »Das ist ein wichtiger Punkt. Auch ich bin dafür, dass wir eure Arbeit an dem Fall auch intern weitgehend geheim halten. Schließlich ist nicht auszuschließen, dass einer der Mitarbeiter seine Finger im Spiel hat, und wir wollen ja niemanden vorwarnen.«
»Das klingt ja fast so, als hättest du da schon jemanden im Auge«, horchte Peter auf.
Judys Miene verdunkelte sich. »Ja, das habe ich ...«

# Rettung in letzter Sekunde

Bob war kurzzeitig in regelrechte Schockstarre verfallen. Diese falsche Schlange Alyssa hat mich also doch verpfiffen!, schoss es ihm durch den Kopf. Aber dann glaubte er zu erkennen, dass Mr Katics Gesichtsausdruck eher Überraschung als Erkenntnis widerspiegelte. Dennoch war der Mann sichtlich ungehalten.

»Was treibst du denn da? Wolltest wohl mitten am Tag hier einbrechen, was?«

Der dritte Detektiv konnte es nicht fassen. Er und seine Detektivkollegen hatten sich im Laufe der Zeit ja schon zu einer Reihe von Wohnungen heimlich Zutritt verschafft und nun wurde er zweimal am selben Tag eines Einbruchs verdächtigt, den er überhaupt nicht geplant hatte!

Katic hantierte von innen mit der rechten Hand neben dem Türrahmen herum. Offensichtlich wollte er nach einer Waffe greifen. Den kurzen Augenblick, in dem er seinen Blick abwandte, nutzte Bob, um hastig einige Werbesticker aus seiner Hosentasche zu ziehen und fallenzulassen.

»Das ist ein Missverständnis, Sir!« Er deutete auf die vor ihm liegenden Aufkleber. »Ich hatte mich nur nach meinen Stickern gebückt, die heruntergefallen waren.« Er richtete sich wieder auf und versuchte, ein einigermaßen überzeugendes Lächeln zustande zu bringen. »Mein Name ist Bob Andrews und ich bin im Auftrag der Los Angeles Post hier, um Ihnen einige interessante Angebote zu unterbreiten.« Er deutete auf die graue Mappe. »Wenn Sie sich mal unsere Abo-Prämien anschauen wollen?«

Inzwischen hielt Mr Katic einen silbern glänzenden Baseballschläger aus Aluminium in der Hand, erhob ihn jedoch nicht.

Misstrauisch beugte er sich vor und warf einen Blick auf die aufgeschlagene Mappe.
»Hmm«, grummelte er unwillig. Es wäre ihm wohl lieber gewesen, einen Einbrecher erwischt zu haben, den er nach Strich und Faden hätte vermöbeln können. Mit einer abfälligen Geste stieß er gegen die Mappe, sodass einige Zettel herausfielen. »Ich brauch diesen Quatsch nicht«, knurrte er. »Außerdem gehört die Wohnung jemand anderem und der ist nicht da.«
Ein höhnisches Grinsen huschte über seine Lippen, während er mit der linken Hand ein Mobiltelefon aus seiner Hosentasche zog und es theatralisch an sein Ohr hielt. »Ich kann ihn aber gerne anrufen und fragen, ob er sich für deinen Zeitungsmist interessiert.«
»Nein, danke, Sir«, murmelte Bob, während er eilig die Zettel aufsammelte. »Das wird wohl nicht nötig sein …«
In diesem Moment sah er, dass Mr Katic beim Herausholen des Handys unbemerkt ein zerknülltes Stück Papier aus der Tasche gefallen war. Unauffällig schob der dritte Detektiv einen seiner Zettel darüber und steckte beides in die Mappe. Dann erhob er sich.
»Entschuldigen Sie bitte vielmals die Störung. Wird nicht wieder vorkommen.«
»Das will ich für dich hoffen«, erwiderte Katic und ließ demonstrativ den Baseballschläger hin- und herschwingen. »Das nächste Mal bin ich nämlich nicht mehr so freundlich.«
Betont unterwürfig senkte Bob den Blick. »Ich verstehe, Sir. Dann … wünsche ich Ihnen noch einen schönen Tag.«
Unter Katics aufmerksamen Blicken wandte sich der dritte Detektiv um und lenkte seine Schritte zum Treppenhaus. Ihm war klar, dass er die Observierung an dieser Stelle abbrechen musste. Die Zeitungstarnung würde er kein zweites Mal einsetzen können, und wenn der rabiate Glatzkopf ihn erneut

erwischte, würde er garantiert nicht mehr so glimpflich davonkommen. Dennoch war die Aktion kein Misserfolg. Zum einen wusste er von Alyssa, dass Katic über sämtliche Polizei-Aktivitäten in der Umgebung informiert werden wollte. Und zum anderen hatte Bob bei einem kurzen Seitenblick in die Wohnung eine überaus interessante Entdeckung gemacht …

»Du hast also schon einen konkreten Verdacht, wer der Saboteur sein könnte?«, fragte Justus interessiert.

Judy blickte ernst in die Runde. »Um genau zu sein – ich *hatte* einen Verdacht, bis zum heutigen Nachmittag.« Sie nahm einen aufgeklappt vor ihr liegenden Ordner zur Hand und holte einige Zettel hervor. »Von Andy wisst ihr vermutlich schon, dass ich für die Organisation und Sicherheit der Live-Shows verantwortlich bin. In dieser Funktion arbeite ich eng mit allen Schauspielern, Stunt-Teams und dem Wachpersonal zusammen. Auch über den Diebstahl auf der Western-Ebene bin ich natürlich sofort informiert worden. Ihr habt den Vorfall ja hautnah miterlebt.«

»Das kann man wohl sagen«, bestätigte Peter. »Leider kamen wir knapp zu spät, um den Dieb noch zu erwischen. Und dann mussten wir uns auch noch mit dieser Nervensäge DeLores herumschlagen.«

»Ich weiß«, erwiderte Judy mit verzogenen Mundwinkeln. »Genau er war es, den ich als Täter im Auge hatte.«

Verwundert blickte Andy sie an. »Das hast du mir ja noch gar nicht erzählt.«

»Bevor ich nicht wirklich sicher war, wollte ich keine Verdächtigungen aussprechen«, erklärte Mrs Nigel.

»Aus welchen Gründen hattest du Mr DeLores denn verdächtigt?«, erkundigte sich der Erste Detektiv.

»Unmittelbar nach den Vorfällen ist Nicky DeLores an sämtlichen Tatorten aufgetaucht. Laut eigener Aussage war er entweder gerade ›zufällig‹ in der Nähe oder er wurde durch die Funkmeldungen des Sicherheitsdienstes alarmiert.« Judy seufzte. »Da unser Direktor die Ermittlungen von Mr DeLores ausdrücklich gutheißt, hat er tatsächlich Zugriff auf den internen Funkverkehr.«

»Aber du hast ihm trotzdem nicht getraut«, folgerte Justus.

»Nein, mir waren das einfach zu viele Zufälle. Stets und ständig wirbelt dieser Typ in der Gegend herum und verdächtigt immer wieder irgendwelche Unschuldigen.«

»Das kann ich bestätigen«, murmelte der Zweite Detektiv mit finsterer Miene.

Justus zupfte nachdenklich an seinem Jackenärmel. »Dann hast du also vermutet, dass DeLores selber der Saboteur ist und nach den Anschlägen als vermeintlicher Ermittler aufgetreten ist, um für möglichst viel Unruhe zu sorgen.«

»... oder um eventuelle Spuren zu verwischen«, ergänzte Mrs Nigel. »Er wäre dazu auf jeden Fall in der Lage gewesen. Alle Vorfälle ereigneten sich an Zeitpunkten, die außerhalb der *Lethal-Weapon*-Shows lagen. Er hatte also keine Auftritte und konnte sich frei bewegen. Darüber hinaus kennt er sich im Park natürlich bestens aus und weiß, an welchen Orten man für die Sicherheitskameras unsichtbar ist.«

»Aber heute Nachmittag bist du ins Zweifeln gekommen«, hakte Andy nach.

»Notgedrungen, ja.« Judy deutete auf die Mappe, in der offenbar die bisherigen Untersuchungs-Ergebnisse aufgelistet waren. »Den Diebstahl kann Mr Delores definitiv nicht begangen haben. Die bestohlene Frau, eine Mrs Hampton, hat den maskierten Täter als groß und schlank beschrieben.«

»Dann kann's unser Giftzwerg tatsächlich nicht gewesen sein«, erwiderte Peter missmutig.

»Das macht DeLores' sonderbares Verhalten allerdings nicht weniger verdächtig«, wandte der Erste Detektiv ein. »Er könnte ja ein Komplize des Saboteurs sein, der ihm für seine Aktionen die nötige Rückendeckung liefert.«
»Mein lieber Mann ...«, murmelte Peter. »Zusammen mit Gabbo, Katic und Welbercott sind das jetzt schon vier Namen auf unserer Verdächtigenliste. Von Einstein und Abe Lincoln mal ganz abgesehen.«
Auf Judys irritierten Blick hin erläuterte Justus kurz, was sie bislang herausgefunden hatten und welche Rätsel es noch zu lösen galt. Stirnrunzelnd machte sich Mrs Nigel Notizen.
»Ich werde umgehend überprüfen, ob Mr Welbercott zu den Tatzeiten im Dienst war oder freihatte.«
Nachdenklich deutete Andy auf ihren aufgeschlagenen Ordner. »Von allen bisherigen Vorfällen war der Diebstahl ja bisher der einzige, bei dem der Täter direkt in Erscheinung getreten ist. Weißt du schon, ob die Kamera-Aufnahmen gecheckt wurden?«
»Ja, aber leider ohne Ergebnis. Unter den vielen Besuchern und Darstellern ist der maskierte Dieb einfach abgetaucht.«
»War ja auch eine ideale Verkleidung«, stellte Peter fest. »In einem Park voller kostümierter Leute ist so ein Outfit ja fast wie eine Tarnkappe.«
Andy nickte. »Der Typ ist echt gerissen. Und dadurch, dass er ein Kostüm aus der sogenannten zweiten Reihe gewählt hat, erschwert er unsere Nachforschungen noch zusätzlich.«
»Zweite Reihe?«, fragte Justus irritiert.
»Ja, es gibt hier im Park zwei Arten von Darstellern und Kostümen. Hauptfiguren wie beispielsweise Batman oder Käpt'n Jack Sparrow sind bei uns nur einmal besetzt. Es gibt auf den entsprechenden Bühnen also jeweils nur einen Hauptdarsteller mit einem solchen Kostüm.«

»Verstehe«, erwiderte Peter. »Hätte der Saboteur ein Kostüm aus der ›ersten Reihe‹ wie das von Batman gewählt, hätten wir schnell herausfinden können, ob der echte Darsteller dahintersteckt. Wenn er ein Alibi hätte, wäre klar, dass ein falscher Fledermausmann im Park herumspukt, auf den wir gezielt Jagd machen könnten.«
»Richtig«, stimmte Andy zu. »Aber der Täter war so schlau, ein Nebenfiguren-Kostüm zu wählen, das in ähnlicher Form zigmal im Park anzutreffen ist. Allein in der *Tron*-Show gibt es neun Leute, die ein derartiges Outfit tragen.«
Judy seufzte. »Es ist unmöglich, sämtliche dieser Darsteller zu überprüfen, weil viele der Nebenfiguren nicht an feste Bühnenstandorte gebunden sind, sondern sich frei unter den Besuchern bewegen können. Mal abgesehen davon würde es einen ziemlichen Wirbel und jede Menge Misstrauen erzeugen, wenn durchsickert, dass eine große Zahl von Angestellten als Saboteure verdächtig wird.«
»All das ist Teil der Taktik«, stellte der Erste Detektiv grimmig fest. »Auch wenn das meiste noch völlig unklar ist – eins steht auf jeden Fall fest: Wir haben es hier mit einem Profi zu tun, der genau weiß, was er tut.«
Mit düsterer Miene blickte Judy nach draußen. »Professionell, skrupellos und mit einem kranken Sinn für Humor. Sonst würde er nicht vor jeder Tat eine verschlüsselte Ankündigung hinterlassen.«
»Nicht vor *jeder* Tat«, korrigierte Peter. »Der Diebstahl fällt aus der Reihe heraus. Schließlich kann sich der Text mit der Giraffe auf keinen Fall darauf bezogen haben.«
»Und außerdem war am Tatort keine neue Botschaft«, ergänzte Andy.
»Das ist richtig«, stimmte Justus zu. »Dennoch bin ich mir ziemlich sicher, dass es sich um denselben Täter handelt. Im

Gegensatz zu seinen sorgfältig geplanten bisherigen Anschlägen scheint er diesmal jedoch improvisiert zu haben. Somit stellt sich die Frage, was ihn dazu veranlasst hat, sein Muster plötzlich zu durchbrechen. Besonders auffällig ist ja –«
Doch bevor der Erste Detektiv seinen Gedanken zu Ende führen konnte, klingelte das Telefon und Judy nahm mit entschuldigender Geste den Hörer ab. Nach nicht einmal einer halben Minute ließ sie ihn jedoch bereits wieder sinken. Ihr Gesicht, das bis jetzt unerschütterliche Souveränität ausgestrahlt hatte, war plötzlich von Verwirrung und Unsicherheit gezeichnet.
»Was hast du?«, fragte Andy besorgt.
»Das … war Clark von der Parkaufsicht auf der Dschungel-Ebene.« Sie blinzelte nervös. »Das blaue Monster ist wieder aufgetaucht …«

# Das Monster kehrt zurück

Nachdem Bob unauffällig kontrolliert hatte, dass auch auf den inneren Stellplätzen des Wohnblocks kein brauner Mercury geparkt war, machte er sich auf den Weg zu seinem Käfer. Für einen Moment überlegte er, noch einmal kurz bei Alyssa vorbeizuschauen, doch als er an dem Garten vorbeikam, stellte er fest, dass sie ihren Platz neben der Hecke in der Zwischenzeit verlassen hatte. Weit und breit war keine Spur von ihr zu sehen. Als Bob sein Handy wieder einschaltete, bemerkte er, dass Justus ihm Fotos mit den Botschaften des Saboteurs gesendet hatte und um Überprüfung bat. Deshalb beschloss der dritte Detektiv, nicht direkt zum Movie Empire zu fahren, sondern zuvor bei einem Internet-Café zu halten und einen Recherche-Stopp einzulegen. Nachdem er in seinen Käfer gestiegen war, holte er jedoch zunächst das zerknüllte Stück Papier von Mr Katic hervor und entfaltete es vorsichtig. Es war ein karierter Zettel in Postkartengröße, auf dem mit blauem Kugelschreiber mehrere Zahlen und Buchstaben notiert waren.

1000NBRANDB28286

»Na super«, murmelte Bob genervt. »Irgendwas Verständliches wäre ja auch zu viel verlangt gewesen …«
Auf dem Weg in Richtung Filmpark fragte der dritte Detektiv mehrere Passanten nach einem Internet-Café, hatte in Burbank jedoch kein Glück. Erst in Glendale wurde er in der Colorado Street fündig und begann mit seiner Recherche. Als er die Ergebnisse auf dem Bildschirm betrachtete, weiteten sich seine Augen vor Überraschung.
»Das gibt's doch nicht …«

Peter blinzelte nervös. »Du meinst dieses Monster, das gestern von zwei Jungen gesichtet worden ist?«
»Genau«, bestätigte Judy ernst. »Die beiden haben ausgesagt, sie hätten auf der Urwald-Ebene ein ›schreckliches blaues Ungeheuer‹ gesehen.«
»Aber wegen der vielen Monster-Attraktionen hier hast du das als kindliche Fantasie abgehakt«, entgegnete Justus.
Judy nickte. »Stimmt. Doch das war offenbar zu voreilig. Gerade eben hat eine Gruppe von vier Erwachsenen gemeldet, dass in der Dschungelwelt ein riesiges blaues Untier aufgetaucht ist und ihnen einen höllischen Schreck eingejagt hat.«
»Aber … kann das nicht eins eurer künstlichen Biester gewesen sein?«, fragte der Zweite Detektiv verunsichert.
»Nein«, kam Andy einer Antwort zuvor. »Auf der gesamten Dschungel-Ebene gibt es kein Monster in blauer Farbe.«
Nervös strich sich Judy eine Haarsträhne aus der Stirn. »Viel beunruhigender als die Farbe ist die Bewegung, die von den Leuten beschrieben wurde. Alle vier Zeugen haben übereinstimmend ausgesagt, dass dieses Wesen in einiger Entfernung aus dem Unterholz hervorbrach und kurz auf der Mitte des Pfads stehen geblieben ist. Danach soll es dann auf der anderen Seite im Dickicht verschwunden sein.«
Gerade wollte Peter fragen, was daran so beunruhigend war, da ergänzte Judy ihre Aussage. »Sämtliche animatronischen, also künstlichen Figuren und Tiere in der Dschungelwelt haben periphere Bewegungsmuster. Das heißt, sie tauchen jeweils nur kurz am Rand des Pfads aus dem Urwald auf, für einen bestimmten Effekt wie Fauchen oder Zähnefletschen. Danach gleiten sie dann auf getarnten Laufschienen zurück in die Ausgangsposition. Ein Betreten oder gar Überqueren des Pfads ist absolut ausgeschlossen. Das wäre ein viel zu großes Risiko für die Besucher.«

Während Justus und vor allem Peter diese alarmierende Information einzuordnen versuchten, tätigte Judy ein weiteres Telefonat. Anschließend brach sie gemeinsam mit den Jungen zur Dschungelwelt auf, damit sie sich direkt vor Ort ein Bild der Lage verschaffen konnten. Um die Strecke schneller zurückzulegen, nahmen sie einen der flachen blauen Elektro-Buggys, die dem Parkpersonal bei Bedarf zur Verfügung standen. Nach wenigen Minuten hatten sie ihr Ziel erreicht.
Die großflächige Dschungel-Ebene war Teil der Abenteuerzone, die sich westlich an den Action-Bereich des Parks anschloss. Dank ausgeklügelter Klimatisierung und Bewässerung hatte man ein echtes Urwald-Biotop mit tropischen Bäumen, Lianen, wild wuchernden Büschen und Schlingpflanzen geschaffen.
Neben einer großen *Tarzan*-Show erfreute sich vor allem der »Pfad der tausend Gefahren« größter Beliebtheit bei den Besuchern. Dabei handelte es sich um einen vielfach gewundenen Weg, der kreuz und quer durch die Dschungellandschaft führte und unzählige Überraschungen bereithielt – seien es täuschend echt aussehende Panther, säbelschwingende Piraten oder hungrige Dinosaurier. Die bunte Mischung aus echten Darstellern und animatronischen Figuren machte den besonderen Reiz dieser Attraktion aus.
Als Judy und die drei Jungen am Eingang der Dschungelwelt ankamen, erwartete sie bereits der Mitarbeiter, dem man die Sichtung des Monsters gemeldet hatte. Er wirkte fahrig und nervös.
»Da sind Sie ja endlich! Ich habe wirklich mein Möglichstes versucht, aber die Gruppe musste weiter, weil ihr Bus in Kürze abfährt. Und da keine Straftat vorliegt, konnte ich sie ja nicht zwingen, hierzubleiben.«
»Schon gut, Clark – das ist ja nicht Ihre Schuld.« Beschwich-

tigend legte Judy ihre Hand auf seinen Arm. »Haben die Leute vor ihrem Aufbruch noch weitere Einzelheiten genannt?«

»Ja, und ob!« Hastig holte Clark ein Smartphone aus seiner Hosentasche und klickte einen Ordner an, in dem er offensichtlich seine Aufzeichnungen gespeichert hatte. »Es klingt total verrückt, aber die Aussagen stimmen alle überein. Demzufolge haben die Leute ein riesiges, löwenartiges Wesen gesehen, das in einem dunklen Blau geschimmert hat. Angeblich war es mindestens vier Meter groß, hatte eine wallende Mähne und zwei geschwungene, spitze Hörner.«

»Das … kann doch nicht wahr sein …«, murmelte Peter kaum hörbar.

»Aber das Beste kommt erst noch«, fuhr Clark aufgeregt fort. »Angeblich war der Kopf nicht der eines Tiers, sondern sah aus wie eine menschliche Fratze mit einem Maul voller scharfer Reißzähne!«

Judy schüttelte ungläubig den Kopf. »Aber das kann doch unmöglich stimmen. So ein Wesen gibt es nicht!«

»Mantikor …«

Alle drehten sich zu Justus um, der gerade dieses fremdartige Wort ausgesprochen hatte.

»Was meinst du damit?«, fragte Andy irritiert.

Der Erste Detektiv deutete mit ernster Miene in Richtung Urwald. »Es mag sich absurd anhören, aber hier im Dschungel scheint ein Fabelwesen herumzustreifen. Diese Beschreibung lässt keinen anderen Schluss zu.«

Verwirrt blickte Clark ihn an. »Ach ja? Und was ist das für ein Vieh?«

»Der Mantikor ist ein Mischwesen, das der griechisch-persischen Mythologie entstammt. Er besitzt den Körper eines Löwen und einen menschenähnlichen Kopf mit einem Maul voller scharfer Zahnreihen. Je nach Darstellung hat er den

Schwanz eines Skorpions, Flügel oder Hörner. In unserem Fall haben wir es offensichtlich mit einer flügellosen, gehörnten Variante zu tun.« Nachdenklich knetete Justus seine Unterlippe. »Von einem *blauen* Mantikor habe ich allerdings noch nie gehört. Meist wird diesen Wesen ein rotes oder rotbraunes Fell zugeschrieben.«

Beunruhigt blickte sich Peter nach allen Seiten um. »Und ist so ein Mantikor … gefährlich?«

Dem Ersten Detektiv gefiel nicht, was er jetzt antworten musste, aber er hatte keine Wahl. »Ja. Sogar sehr gefährlich. Der Mantikor gilt als Inbegriff und Verkörperung des Bösen. Er verfügt über gewaltige Kräfte und hohe Intelligenz. Sein Reich ist der Dschungel, in dem nichts und niemand vor ihm sicher ist. Deshalb trägt er auch seinen Namen.« Er zögerte und richtete seinen Blick auf den plötzlich sehr bedrohlich wirkenden Urwald. »*Mantikor* bedeutet im Altpersischen ›Menschenfresser‹ …«

# Der Dschungel des Mantikors

»Du lieber Himmel ...«, hauchte der Zweite Detektiv mit schreckgeweiteten Augen.

»Da sind auch Spuren«, erklärte der Parkwächter. »Ich hab mir schon gedacht, dass die wichtig sind. Deshalb habe ich sie mit zwei ›Reinigungsarbeiten‹-Schildern abgeschirmt.«

»Das war ausgesprochen umsichtig«, lobte Judy. »Dann führen Sie uns doch gleich mal hin.«

Als sie aufbrachen, klingelte das Handy des Ersten Detektivs. Es war Bob, der ankündigte, dass er in Kürze beim Filmpark eintreffen werde und einiges zu berichten habe. Sie verabredeten, dass er zunächst zur Dschungelwelt kommen und dann noch einmal anrufen solle, um ihren genauen Standort zu erfahren.

Mit angespannten Gesichtern drang die kleine Gruppe immer tiefer in den Urwald vor. Die Beleuchtung des Pfads war so arrangiert, dass sie dem schummrigen Zwielicht in einem echten Dschungel glich. Überall raschelte und knackte es im undurchdringlichen Grün und aus versteckten Lautsprechern waren die fremdartigen Schreie von Affen und das Zwitschern exotischer Vögel zu hören. Obwohl Peter auf überraschende Schreck-Effekte vorbereitet war, zuckte er auf dem Weg zum Ort der Sichtung doch zweimal heftig zusammen. Zunächst, als direkt nach einer Biegung urplötzlich eine riesige Anakonda von einem Baum herabbaumelte, und kurz darauf, als hoch über ihren Köpfen der gewaltige Schädel eines Tyrannosaurus Rex aus dem dichten Blätterdach hervorbrach und ein grimmiges Brüllen ausstieß. Kurz darauf kamen die gelben Reinigungsschilder in Sicht. Andy sog scharf die Luft ein, als er erkannte, wer sich da gerade über die Spuren beugte.

»Nicky DeLores!«
Überrascht blickte der kleine Mann auf und begann sofort, wie ein Wasserfall auf die Neuankömmlinge einzureden.
»Okay-okay-okay, vorhin lag ich vielleicht knapp daneben, aber diesmal ist die Sache sonnenklar: Da haben sich irgendwelche Spinner einen Spaß erlaubt. Falsche Spuren mit irgendwelchen Schablonen, so wie bei diesen Bigfoot-Geschichten. Wahrscheinlich haben die sich bloß eine blaue Decke übergezogen und 'ne Halloween-Maske aufgesetzt. Der Saboteur war's jedenfalls nicht – kein Sachschaden, keine Botschaft. Einfach nur ein Dummejungenstreich. Vollkommen eindeutig: Fall gelöst!«
»Ob und wann ein Fall gelöst ist, haben nicht Sie zu entscheiden«, erklärte Judy streng. »Wieso sind Sie überhaupt so schnell hier?«
DeLores tippte hektisch auf das Funkgerät an seinem Gürtel. »Ich halte mich ständig auf dem Laufenden, schließlich ist keiner dem Saboteur so dicht auf den Fersen wie ich! Nicky DeLores ist wie ein Jagdhund – wenn er erst mal die Fährte aufgenommen hat, ist er nicht mehr zu stoppen!«
»Für den Typen würden mir noch ein paar ganz andere Tiere einfallen«, flüsterte Peter grimmig. »Zum Beispiel mieser kleiner Mistkäfer.«
Erst jetzt erkannte Mr DeLores den Zweiten Detektiv. Augenblicklich zuckte sein Zeigefinger in Peters Richtung. »Da ist ja schon wieder der Strolch von vorhin! Na, das sagt doch wohl alles! Mir war ja von Anfang an klar, dass dieses Bürschchen Dreck am Stecken hat! Will wohl das Ergebnis seiner Tat begutachten! So etwas ist ja ganz typisch für –«
»Dieser Junge ist keineswegs für den Vorfall verantwortlich«, schnitt Mrs Nigel ihm harsch das Wort ab. »Zum Zeitpunkt der Sichtung war er nämlich bei mir im Büro!« Sie machte eine

auffordernde Handbewegung. »Und jetzt möchte ich Sie bitten, uns zu verlassen. Wenn ich mich nicht täusche, beginnt ohnehin in wenigen Minuten Ihre Show.«
Mr DeLores machte ein Gesicht wie ein Kind, dem man gerade verkündet hatte, dass Weihnachten ausfällt. Dann sprang er auf und wedelte wild mit den Händen in der Luft herum. »Okay-okay-okay, ich ziehe mich vorerst zurück – aber nur unter Protest! Der Direktor sieht es ganz bestimmt nicht gern, wenn die Erkenntnisse seines besten Ermittlers nicht in gebührender Weise gewürdigt werden!«
»Dieses Risiko bin ich durchaus bereit einzugehen«, erwiderte Judy kühl und wandte ihm den Rücken zu. Während Mr DeLores nun laut vor sich hin schimpfend den Tatort verließ, beugten sich die Jungen gespannt zu den Spuren hinab.
Andy, der in seiner Zeit beim Zirkus intensive Erfahrungen mit wilden Tieren gesammelt hatte, tastete stirnrunzelnd die Ränder der Vertiefungen ab. Dann maß er mit ausgestrecktem Arm den Abstand zwischen zwei Spuren und betrachtete anschließend einen dritten Abdruck im Dickicht. Er folgte der Richtung einige Meter in den Dschungel, doch bereits nach wenigen Metern verlor sich die Fährte.
»Und, was denkst du?«, fragte Justus neugierig, als er zurückkehrte.
Nervös strich sich Andy durch die Haare. »Ich hätte nicht gedacht, dass ich das mal sagen würde, aber es wäre mir lieber, ich müsste DeLores nicht widersprechen.«
Judy blickte ihn mit einer Mischung aus Verblüffung und Fassungslosigkeit an. »Du meinst doch nicht etwa …«
»Doch, genau das meine ich«, kam ihr Andy zuvor. »Diese Spuren stammen definitiv von einer Raubkatze.«
Entgeistert starrte der Zweite Detektiv auf die Abdrücke. »Aber … das kann doch nicht sein!«

Mit versteinerter Miene ließ Andy seinen Blick über den Boden schweifen. »Ich weiß, wie verrückt sich das anhört, aber ein Irrtum ist ausgeschlossen. Die Abdrücke zeigen die typische Gewichtsverlagerung der Tatzen einer laufenden Großkatze. So etwas kann man nicht mit untergeschnallten Sohlen imitieren – egal ob aus Holz oder Kunststoff.«
Angespannt biss sich Justus auf die Unterlippe. Er war ein Mensch, dessen Denken voll und ganz den Prinzipien der Logik und Vernunft verpflichtet war. Jedes auch noch so mysteriöse Ereignis musste eine rationale Erklärung haben. Ausnahmen waren für ihn nicht akzeptabel.
»Ist es wirklich ausgeschlossen, dass ein Trick dahintersteckt? Wir hatten es schon mit zahlreichen Fällen zu tun, bei denen die Täter erstaunliche Täuschungsmanöver durchgeführt haben.«
Statt einer Antwort ging Andy einige Schritte in den Dschungel hinein und zupfte etwas von einem dornigen Busch ab. Er hielt es sich an die Nase und roch daran. Dann kam er langsam zurück und reichte Justus ein kleines blaues Fellbüschel.
»Du weißt, dass ich unseren Zirkuslöwen Radscha kenne, seit ich ein kleiner Junge war. Den Geruch von Raubkatzen erkenne ich sogar im Schlaf.«
Zögernd nahm der Erste Detektiv das Büschel entgegen und schnupperte daran. Der strenge Fellgeruch ließ sofort Erinnerungen an George aus ihrem Fall »Der rasende Löwe« in ihm aufsteigen. Mit betretener Miene blickte er Peter und Judy an, dann nickte er wie in Zeitlupe.
»Er hat recht.«
Mrs Nigel rieb sich nervös den Arm. »Wenn wir es hier wirklich mit einer lebenden Raubkatze zu tun haben, muss ich sofort Mr Grayston informieren. Das wäre ja eine unberechenbare Gefahr für die Besucher!«

»Es … ist noch schlimmer«, sagte Andy mit belegter Stimme.
Peter blinzelte ungläubig. »Was könnte wohl schlimmer sein als ein frei herumlaufendes Raubtier?«
»Es ist die Größe.« Andy deutete auf das Fellbüschel und danach auf die Spuren. »Von der Länge der Haare her müsste das hier von der Mähne eines Löwen stammen, doch die Abdrücke sind dafür einfach zu breit und tief. Selbst große Löwenmännchen wie Radscha erreichen maximal eine Länge von zweieinhalb Metern und ein Gewicht von vielleicht zweihundertzwanzig Kilogramm.«
»Aber die Spuren deuten auf etwas Größeres hin?«, fragte Justus mit sichtlichem Unbehagen.
»Ja, und das begreife ich einfach nicht.« Er kniete sich wieder zu den Abdrücken hinunter. »Nach der Schrittlänge und der Tiefe der Tatzenspuren zu urteilen, muss dieses Tier mindestens dreieinhalb Meter groß sein und um die vierhundert Kilogramm wiegen. Kein Löwe würde solche Maße erreichen. Selbst Sibirische Tiger, die größten Katzen der Welt, werden nicht annähernd so groß.«
»Vielleicht … ein Bär?«, fragte Judy beunruhigt.
Andy schüttelte den Kopf. »Ausgeschlossen. Bären können ihre Krallen nicht einziehen und hinterlassen völlig anders geformte Spuren. Nein, das sind ganz eindeutig Katzenabdrücke.« Er blickte angespannt in die dunklen Tiefen des Urwalds. »Nur dürfte es eine solch riesige Raubkatze gar nicht geben …«
»Also doch ein Mantikor …«, hauchte Peter entsetzt.

# Tarzan in Gefahr

Justus verschränkte die Arme vor der Brust, als wolle er so dem rätselhaften Geschehen Einhalt gebieten.
»Es gibt keine Fabelwesen. Und auch wenn wir für diese Spuren vorerst keine schlüssige Erklärung finden, treibt hier trotzdem ganz sicher kein Mantikor sein Unwesen.«
»Aber du hast doch die Zeugenaussagen gehört!«, wandte Peter aufgeregt ein. »Und wenn Andy recht hat, ist hier eine leibhaftige Riesenkatze entlanggelaufen! So etwas kann man doch nicht einfach ignorieren!«
»Das werden wir ja auch nicht«, erwiderte Justus beschwichtigend. »Ich bin mir sicher, dass sich all das logisch aufklären wird. Wir dürfen jetzt aber auf keinen Fall in überstürzten Aktionismus verfallen, sondern müssen unsere Ermittlungen weiterhin mit der notwendigen Präzision durchführen.«
»Justus hat recht«, stimmte Judy zu. »Wir müssen einen kühlen Kopf bewahren, wenn wir die weiteren Entscheidungen treffen. Ich habe gerade an Mr DeLores' blödsinniges Gerede von vorhin gedacht und in einem Punkt hat er sich ausnahmsweise nicht geirrt: Was auch immer hier passiert ist – es hat nichts mit der bisherigen Anschlagsserie zu tun. Niemand ist zu Schaden gekommen und es gibt keine neue Botschaft.«
»Wäre ja auch ziemlich seltsam, wenn der Saboteur einen Mantikor nicht von einer Giraffe unterscheiden könnte«, fügte Peter launig an.
»Die Giraffe!«, rief Andy plötzlich. »Wieso habe ich da nicht früher dran gedacht!«
»Was meinst du?«, fragte Judy irritiert.
»Na, die Tarzan-Show! Da gibt's doch diese Szene am See. Nachdem Tarzan mutig ein böses Krokodil besiegt hat …«

»… klettert er auf den Rücken einer befreundeten Giraffe, um nach weiteren Gefahren Ausschau zu halten!«, führte Mrs Nigel den Satz zu Ende. »Und als Gag für die Zuschauer macht er es sich anschließend auf seinem ›Hochsitz‹ bequem und angelt ein wenig!«

»Das ist es!«, war nun auch Justus überzeugt. »Wann läuft die Show?«

»Immer nachmittags um fünf.« Hektisch blickte Andy auf seine Armbanduhr. »Sie läuft also schon seit zehn Minuten – wir müssen sofort hin!«

So schnell sie konnten, rannten sie den Dschungelpfad zurück, sprangen in den Buggy und fuhren zur *Tarzan*-Ebene, die glücklicherweise nicht weit entfernt war. Als sie ankamen, stieg der Tarzan-Darsteller soeben aus dem aufgewühlten See, in dem man gerade noch den Rücken der täuschend echt aussehenden Krokodil-Attrappe abtauchen sah. Eilig parkte Judy den Wagen neben der Zuschauertribüne. Der sportliche Peter, der sich die störende Uniformjacke inzwischen ausgezogen hatte, sprintete als Erster los. Er übersprang die Abgrenzung zur Seebühne und hastete laut rufend auf die imposante animatronische Giraffe zu.

»Nicht hochklettern! Nicht da hochklettern!«

Die Reaktionen der Zuschauer schwankten zwischen Überraschung und Belustigung. Viele hielten das plötzliche Auftauchen des Zweiten Detektivs offensichtlich für einen Teil der Show. Wegen der Musik und der Dschungel-Geräuschkulisse hatte der Tarzan-Darsteller noch nicht bemerkt, was sich da hinter seinem Rücken abspielte. Zielstrebig umfasste er das angewinkelte linke Vorderbein der Giraffe, um sich kraftvoll nach oben zu ziehen.

Mitten in der Bewegung wurde er jedoch plötzlich herumgerissen. Wegen seiner hohen Geschwindigkeit hatte Peter nicht

mehr rechtzeitig bremsen können und war so heftig mit Tarzan zusammengeprallt, dass beide strauchelten und zu Boden stürzten. Einige Zuschauer klatschten angesichts des vermeintlichen Stunts begeistert Beifall. Tarzan hingegen war von der unvermuteten Unterbrechung alles andere als angetan. Mit wutverzerrtem Gesicht sprang der muskulöse Mann auf und riss sich das angeklebte kleine Wangenmikrofon herunter, damit das Publikum nicht mithören konnte.
»Bist du nicht mehr ganz dicht?? Wie kommst du dazu, mich anzugreifen??« Drohend ballte er die Fäuste.
Auch Peter war inzwischen wieder auf den Beinen und hob abwehrend die Hände. »Es ist nicht so, wie Sie denken, Sir. Ich wollte Sie schützen!«
»Mich?!« Der hochgewachsene »Herr des Dschungels« glaubte seinen Ohren nicht zu trauen.
Jetzt endlich waren auch Judy und Andy angekommen. Der schnaufende Justus folgte in einigem Abstand. Mit einer knappen, aber unmissverständlichen Geste machte Mrs Nigel dem Tarzan-Darsteller und einem herbeigeeilten Sicherheitsmann klar, dass sie nun die Kontrolle übernahm. Sie ließ sich ein Mikrofon reichen, das ihre Stimme auf die Bühnenlautsprecher übertrug, und wandte sich ans Publikum.
»Sehr verehrte Damen und Herren. Entschuldigen Sie die kurze Unterbrechung, aber wir haben es hier mit einem übermütigen Fan zu tun, der deutlich übers Ziel hinausgeschossen ist. Manchmal kennt die Begeisterung für unsere Stars eben keine Grenzen.«
Unter den Zuschauern brach lautes Gemurmel und amüsiertes Gelächter aus.
»Aber ein wahrer Tarzan lässt sich von solchen Lappalien natürlich nicht aus der Ruhe bringen. Und deshalb geht die Show auch direkt nebenan auf der Nashorn-Lichtung weiter!«

Judy blickte den verwirrten Dschungelhelden durchdringend an, der nach kurzem Zögern nickte und sich anschließend mit strahlendem Lächeln zum Publikum umdrehte. Unter großem Applaus ging er zur Nebenbühne, während Mrs Nigel dem Sicherheitsmann die Situation erklärte. Anschließend kam sie zu Justus, Peter und Andy, die bereits mit der vorsichtigen Untersuchung der Giraffe begonnen hatten.
»Das hast du wirklich fabelhaft hinbekommen, Judy«, lobte der Erste Detektiv. »Eine perfekte Entschärfung des Zwischenfalls, ohne dass im Publikum Unruhe ausgebrochen ist.«
»Schnelles Handeln in Ausnahmesituationen gehört eben zu meinem Job«, erwiderte Mrs Nigel lächelnd. »Und wie sieht's bei euch aus? Habt ihr schon etwas entdeckt?«
»Und ob!«, bestätigte Peter und deutete nach oben auf den Giraffenrumpf. »Zwischen den Vorderbeinen ist das Gerüst über eine Länge von fast einem halben Meter angesägt worden.«
»Spätestens wenn Tarzan auf dem Rücken gesessen und sich an den Hals gelehnt hätte, wäre die gesamte Konstruktion zusammengebrochen«, ergänzte Andy.
»Du lieber Himmel …«, entfuhr es Judy. »Bei einem unkontrollierten Sturz aus dieser Höhe hätte er sich alle Knochen brechen können.«
»Ja, das hätte er«, bestätigte Justus ernst. »Ganz zu schweigen von den Metallteilen, unter denen er begraben worden wäre. Peter ist buchstäblich in letzter Sekunde gekommen.« Er ließ seinen Blick von den Hufen der Giraffe bis zu ihrem Kopf in sechs Meter Höhe wandern. »Der angerichtete Schaden, sowohl körperlich als auch materiell, wäre diesmal um ein Vielfaches größer gewesen als bei den bisherigen Aktionen.«
»Der Saboteur wird also immer gefährlicher«, stellte der Zweite Detektiv bestürzt fest. »Diesmal hätte es einen Schwerverletzten geben können und das nächste Mal …«

Mrs Nigel presste die Lippen zusammen und schaute sich suchend um. »Ich bin mir übrigens sicher, vorhin eine dunkle Gestalt mit Helm neben der Bühne gesehen zu haben. Aber einen Moment später war sie schon wieder verschwunden.«

»Das war garantiert der Saboteur, der wissen wollte, ob wir seine Nachricht diesmal richtig gedeutet haben«, erwiderte Justus.

Judy nickte. »Er weiß jetzt also, dass wir sein Muster kennen. Umso wichtiger ist es, dass wir so schnell wie möglich den neuen Hinweis finden, um einen weiteren Anschlag zu verhindern.«

Nach kurzer Suche hatte Andy den Briefumschlag gefunden. Er ragte etwas abseits zwischen zwei künstlichen Baumwurzeln hervor. Hastig öffnete er das Kuvert, zog den darin enthaltenen Zettel heraus und las ihn vor: *»Eine verschenkte Pralinenschachtel muss mindestens fünfzig Pfund wiegen.«*

»Wieder so ein Wahnsinn«, stöhnte Peter.

Erwartungsvoll wandte sich Justus an Judy. »Das Schlüsselwort ist dic Pralincnschachtel. Wir müssen also klären, in wel cher eurer Shows Pralinen vorkommen.«

»Oh, das sind ziemlich viele«, erwiderte Mrs Nigel mit düsterer Miene. »Allein in drei Musical-Nummern werden Pralinen eingesetzt. Außerdem in den Shows zu *Charlie und die Schokoladenfabrik, Bridget Jones,* mehreren Romantik-Revues, unserer Valentinsparty …«

Betroffen blickte Andy sie an. »Da finden wir die richtige Schachtel ja niemals rechtzeitig!«

# Doppelter Irrtum

»Wir dürfen jetzt nicht aufgeben«, mahnte der Erste Detektiv. »Ich schlage vor, dass wir die Unterlagen zu allen infrage kommenden Shows überprüfen. Vielleicht finden wir so ja eine Auffälligkeit, die uns auf die richtige Spur führt.«
»Okay«, stimmte Judy zu. »Ich habe alle notwendigen Informationen bei mir im Büro. Dort könnt ihr ja schon mal mit euren Nachforschungen beginnen, während ich Mr Grayston über den neuesten Anschlag und das blaue Biest Bericht erstatte.«
Wieder im Koordinationszentrum angekommen, sagte Mrs Nigel ihrer Assistentin Bescheid, dass die Jungen sich überall frei bewegen durften. Anschließend zeigte sie ihnen die fraglichen Aktenordner, verabschiedete sich und fuhr im Fahrstuhl in die oberste Etage.
Fieberhaft machten sich Justus, Peter und Andy an die Arbeit. Einige Minuten später traf auch Bob ein, den der Erste Detektiv zuvor über den geänderten Treffpunkt informiert hatte. So zügig wie möglich berichteten die Jungen ihm vom dramatischen Stand der Dinge.
»Unfassbar«, murmelte Bob, sichtlich aufgewühlt. »Der Saboteur kann also jeden Moment wieder zuschlagen …«
»Während wir weitersuchen, kannst du uns ja berichten, was du herausgefunden hast«, forderte ihn Justus auf.
Der dritte Detektiv nickte und holte sein Notizbuch hervor. »Meine Beschattungsaktion war zwar unfreiwillig kurz, aber ich konnte trotzdem einige Erkenntnisse gewinnen. Zum Beispiel, dass Gregory Katic ziemlich nervös ist und sich auf eventuelle Polizeiaktionen vorbereitet. Außerdem war sein Freund O'Keefe nicht da.«

»Dann wäre es also möglich, dass O'Keefe mit dem braunen Mercury zum Park weitergefahren ist, nachdem er Katic in Burbank abgesetzt hat«, folgerte Andy.
»Er könnte theoretisch also durchaus der maskierte Saboteur sein«, ergänzte Justus stirnrunzelnd. »Vielleicht haben die beiden ja fest aufgeteilte Rollen bei ihren Aktionen.«
Bob nickte. »Dafür spricht auch, was ich bei einem Blick in die Wohnung entdeckt habe. Da lagen zwei Brecheisen und ein Ding, das aussah wie ein Schneidbrenner, auf dem Küchentisch.«
»Ideale Sabotage-Werkzeuge«, stellte Peter grimmig fest.
»Außerdem konnte ich heimlich einen Zettel einstecken, den Katic verloren hatte. Darauf ist eine Reihe von Zahlen und Buchstaben notiert, aus der ich aber bis jetzt nicht schlau geworden bin. Ich habe schon eine Suchmaschine damit gefüttert, aber ohne Erfolg.« Er übergab das Papier dem Ersten Detektiv, der es aufmerksam betrachtete.
»Vielleicht ein Code oder sonst eine Geheim-Kombination«, überlegte Justus. »Würde mich jedenfalls nicht wundern, wenn auch das irgendwie zu ihrem Sabotage-Plan gehört.«
»Dann scheinen wir mit Katic und O'Keefe ja wirklich die Richtigen erwischt zu haben«, folgerte Peter. »Und hinter allem steckt der elende Gabbo!«
»Offensichtlich.« Justus verengte die Augen. »Nur haben wir keinen einzigen stichhaltigen Beweis und freiwillig aussagen werden die drei garantiert nicht.«
»Wir müssen den nächsten Anschlagsort also alleine finden«, erwiderte Andy nervös.
Bob durchblätterte sein Notizbuch. »Ich weiß nicht, ob uns das irgendwie weiterbringt, aber bei meinen Recherchen habe ich etwas sehr Erstaunliches rausgefunden: Die Texte des Saboteurs stammen alle aus echten US-Gesetzen.«

»Was?« Ungläubig starrte ihn Peter an.
»Ich weiß, es hört sich verrückt an, aber es stimmt: Das sind alles lokale Verbote aus verschiedenen amerikanischen Städten.« Er deutete auf seine Notizen. »In Newport, Rhode Island, darf nach Sonnenuntergang nicht mehr Pfeife geraucht werden. In Hartford, Connecticut, ist es verboten, im Handstand eine Straße zu überqueren. In Montgomery, Alabama, ist es untersagt, auf offener Straße einen Regenschirm aufzuspannen. In Chicago, Illinois, sollen unansehnliche oder deformierte Menschen der Öffentlichkeit fernbleiben und in Glendale, Arizona, ist es ungesetzlich, mit dem Auto rückwärtszufahren.«
»Das muss doch ein Scherz sein!«, entfuhr es Andy. »Solche irrsinnigen Gesetze kann's doch unmöglich geben!«
»Ich nehme an, dass die meisten dieser Verbote aus Zeiten stammen, als sie aus irgendwelchen Gründen noch Sinn ergaben«, mutmaßte Justus. »Dass sie heutzutage noch angewendet werden, wage ich zu bezweifeln.«
»Wie tröstlich«, murmelte der Zweite Detektiv. »Falls ich irgendwann mal in Alabama bin und es in Strömen regnet, werde ich jedenfalls lieber klatschnass, als für einen Schirm in den Knast zu kommen.«
Bob hatte sich inzwischen an Judys laufenden PC gesetzt und rief eine Suchmaschine auf. »Wie ich es mir dachte – auch die beiden neuesten Ankündigungen sind Gesetzestexte: Das Verbot, auf Giraffen zu angeln, stammt wieder aus Chicago und in Idaho ist es offiziell ungesetzlich, eine Pralinenschachtel zu überreichen, die weniger als fünfzig Pfund wiegt.«
Fassungslos schüttelte Andy den Kopf. »Völlig idiotisch …«
»Bei meinen Recherchen habe ich noch ganz andere Kracher gefunden«, erklärte Bob. »In Memphis, Tennessee, dürfen Frauen offiziell nur dann Auto fahren, wenn ein Mann vor

dem Wagen herläuft und eine rote Fahne schwenkt, um entgegenkommende Autos und Fußgänger zu warnen.«

»Lass das bloß nicht Tante Mathilda hören«, erwiderte Justus schmunzelnd.

»Aber es geht noch verrückter. In Topsail Beach, North Carolina, ist es Hurricanes gesetzlich verboten, die Stadtgrenze zu überqueren. Und in Inglis, Florida, hat man per Erlass dem Teufel höchstpersönlich Stadtverbot erteilt.«

»Klingt nach einer patenten Lösung«, entgegnete Andy und verdrehte die Augen. »Aber was soll das alles? Warum verwendet der Saboteur irrsinnige Gesetzestexte für seine Ankündigungen?«

Justus seufzte. »Das ist eine von mehreren Fragen, die noch zu klären sind. Vordringlich ist zunächst jedoch, dass wir die Show finden, in der es zum nächsten Anschlag kommen soll.« Er überflog eine weitere Seite des vor ihm liegenden Aktenordners. »Bis jetzt kann ich nichts Auffälliges entdecken. Und ihr?«

Auch Peter und Andy schüttelten die Köpfe.

»Wenn das Zeug wenigstens einfach zu lesen wäre«, murrte der Zweite Detektiv. »Wer auch immer diese Listen geschrieben hat, muss einen unglaublichen Sparfimmel haben. Die Seiten sind ja bis auf den letzten Millimeter vollgedruckt und die Schrift ist so winzig, dass man eigentlich eine Lupe braucht! Kaum Absätze oder freie Zeilen und selbst bei den Aufzählungen spendiert man uns keine Leerzeichen zwischen den Nummern und Buchstaben. Ich hab schon Kopfschmerzen von diesem Ameisengewimmel!«

»Leerzeichen …«, murmelte Bob plötzlich, so als sei ihm gerade ein Geistesblitz gekommen. Rasch nahm er den Zettel von Gregory Katic zur Hand und begann, die Zahlen und Buchstaben in den Computer einzugeben. Seine Augen weiteten sich vor blankem Erstaunen, als er das Ergebnis sah.

»Was hast du denn?«, wollte Justus wissen. Auch Andy und Peter blickten verwundert auf.
»Ich habe gerade noch mal die seltsame Kombination auf dem Katic-Zettel in die Suchmaschine eingegeben, diesmal mit ein paar Leerzeichen. Und bereits bei ›1000 N BRAND‹ hat der Computer automatisch den Rest ergänzt.«
»Nämlich?«, fragte der Zweite Detektiv ungeduldig.
»Es handelt sich um eine Adresse: 1000 North Brand Boulevard in Glendale.«
»Und was ist daran so spektakulär?«, fragte Andy irritiert.
»In einer virtuellen Stadtansicht habe ich mir das mal genauer angeschaut«, erwiderte Bob. »An der fraglichen Adresse steht die Citizens Business Bank! Und wenn mich nicht alles täuscht, ist die lange Zweier-Zahl am Ende der Zeile die Nummer eines Schließfachs …«
»Ein Schließfach, dessen Inhalt Katic und O'Keefe an sich bringen wollen!«, ergänzte Justus impulsiv.
»Dann geht es den beiden also überhaupt nicht um den Park«, folgerte Peter aufgeregt. »Sie wollen in diese Bank in Glendale einbrechen – deshalb das ganze Werkzeug, das Bob gesehen hat!«
»Und irgendwie steckt auch Gabbo mit drin«, ergänzte Andy mit finsterer Miene.
Irritiert hielt Peter inne. »Aber … wenn Katic und O'Keefe nichts mit uns zu tun haben – wer waren dann die beiden Typen im braunen Mercury?«
»Das bleibt in der Tat rätselhaft«, stellte Justus fest. »Dennoch haben wir es jetzt mit einer völlig neuen Situation zu tun. Wir sollten daher auf jeden Fall Inspektor Cotta über diese Neuigkeit informieren. Er wird schon wissen, welche weiteren Schritte einzuleiten sind.«
Bob nickte. »Okay, das übernehme ich.«

Während der dritte Detektiv den Inspektor anrief, suchten seine Freunde fieberhaft weiter in den Unterlagen nach einer heißen Spur, doch vergeblich. Die Minuten verstrichen ohne jede Entdeckung. Als Justus gerade genervt zum nächsten Ordner greifen wollte, piepte sein Mobiltelefon. Er hatte eine SMS erhalten, die er mit sichtlicher Fassungslosigkeit las.

»Leute …«, murmelte er anschließend kaum hörbar. »Soeben hat sich das Rätsel um unsere Verfolger im Mercury aufgeklärt.«

»Echt?«, fragte Peter verblüfft. »Das ist doch super!«

»Nicht so wirklich«, widersprach der Erste Detektiv. »Jeffrey hat eine SMS geschickt. Tyler Gillcrest und Graham Leigh, zwei Typen aus der Zwölf, hatten wohl eine Wette laufen. Es ging darum, die ›berühmten drei Superduper-Detektive‹ unbemerkt über einen bestimmten Zeitraum zu beschatten.«

Bob fiel die Kinnlade herunter. »Das gibt's doch nicht …«

»Jetzt kapier ich auch, wieso da dieser Aufkleber der National Rifle Association am Heck war«, sagte der Zweite Detektiv stockend. »Tylers Vater ist begeisterter Jäger. Der Mercury gehört also ihm.«

»So wird es sein.« Justus scrollte die Nachricht auf seinem Handy-Display hinunter. »Nach Darstellung der beiden haben sie uns ganz bequem über mindestens zwanzig Meilen hinweg verfolgt, ohne dass die ›verschnarchten Tranfunzeln‹ auch nur das Geringste mitbekamen.«

»Das stimmt doch überhaupt nicht!«, rief Peter wütend.

Bob runzelte irritiert die Stirn. »Und woher weiß Jeffrey davon?«

»Das ist ja das Unschöne an der Sache«, erwiderte Justus mit betretener Miene. »Graham und Tyler posten seit einer halben Stunde ununterbrochen Details über ihren grandiosen Erfolg in diversen Online-Foren. Inklusive eines lustigen Video-Clips

mit dem fahrenden Peter, der ein Gesicht macht, ›als müsse er dringend aufs Klo‹.«
»Was??« Aufgebracht blickte ihn der Zweite Detektiv an. »Und das alles nur, weil du gesagt hast, ich soll starr nach vorn auf die Straße schauen!«
Beschwichtigend legte ihm Bob eine Hand auf die Schulter. »Jetzt reg dich nicht so auf. Wir können's ohnehin nicht mehr ändern.«
»Na, du hast gut reden!«, erwiderte Peter scharf. »Von dir ist ja auch kein Volltrottel-Video im Internet!«
Justus rieb sich über die verschwitzte Stirn. »Video hin, Video her – Fakt ist, dass binnen weniger Minuten neunzig Prozent unserer Verdächtigenliste zusammengebrochen sind. Wir müssen also komplett umschwenken …«

# Keine Polizei!

In diesem Moment öffnete sich die Tür und Judy betrat das Büro. Schnell erzählten die Jungen ihr von den überraschenden neuen Erkenntnissen.
»Verstehe«, erwiderte sie. »Damit steht also fest, dass es sich bei der Sabotage nicht um Racheaktionen gegen Andy oder euch handelt.«
»So ist es«, bestätigte der Erste Detektiv. »Dem Täter geht es ausschließlich um eine gezielte Schädigung des Movie Empire.«
Mrs Nigel strich sich nervös eine Strähne aus dem Gesicht. »Ehe ich's vergesse: Inzwischen habe ich Marvin Welbercott überprüfen lassen. Bei drei von fünf Anschlägen hatte er keine Show-Auftritte. Falls DeLores wirklich sein Komplize ist, wäre es also tatsächlich möglich, dass beide hinter den Sabotage-Akten stecken.«
»Das wäre ja wirklich ein starkes Stück, wenn sich ausgerechnet zwei Parkmitarbeiter als Täter herausstellen«, erwiderte Bob.
»Wie lief denn dein Gespräch mit dem Direktor?«, erkundigte sich Peter.
Judy stieß einen verärgerten Laut aus. »Ausgesprochen unbefriedigend. Trotz der neuen Vorfälle bleibt Mr Grayston bei seiner bisherigen Linie: keine Polizei, keine Hilfe von außen. Er ist überzeugt davon, dass er und sein Sicherheitsdienst die Sache allein aufklären werden. Die bestohlene Dame hat er inzwischen übrigens mit einer großzügigen Entschädigung dazu überredet, keine Anzeige zu erstatten.«
»Bestochen wäre wohl das passendere Wort«, entgegnete Bob verächtlich.

Justus zupfte nachdenklich an seiner Unterlippe. »Der Direktor will wirklich mit allen Mitteln verhindern, dass irgendetwas nach außen dringt …«
»Für Grayston steht sehr viel auf dem Spiel«, erklärte Judy. »Er hat große Summen seines eigenen Kapitals in den Park gesteckt und nun befürchtet er, dass sein Lebenstraum den Bach runtergehen könnte. Also legt er lieber eine Handvoll Bares auf den Tisch, damit er sich nicht mit ›störenden Cops‹ herumschlagen muss. Er weiß, dass er das Ganze kaum mehr geheim halten kann, wenn erst einmal die Polizei im Park ermittelt. Und schlechte Publicity fürchtet er mehr als alles andere.«
»Ziemlich kaltschnäuzig«, stellte Peter fest. »Solange der Täter nicht gefasst ist, riskiert er ja, dass die Angriffe immer weitergehen.«
Justus nickte. »In der Tat eine sehr egoistische Position, die seine eigenen Interessen über das Wohl der Besucher stellt.«
»… und über das seiner Angestellten«, ergänzte Andy grimmig. »Der Täter gefährdet ja auch uns Mitarbeiter.«
Judy nickte seufzend. »Mr Grayston ist ein knallharter Geschäftsmann, dem der schnelle Profit immer wichtiger war als alles andere.«
»Womit wir direkt bei der Frage nach dem Motiv des Saboteurs wären«, fügte Justus an. »Könnte jemand einen solchen Hass auf Grayston haben, dass er sich zu derartigen Taten hinreißen lässt?«
Nachdenklich zog Judy die Stirn kraus. »Mr Grayston ist in seinem Leben mit Sicherheit einer ganzen Reihe von Leuten auf die Füße getreten, vor allem geschäftlich. Aber eine persönliche Fehde von diesen Ausmaßen halte ich doch für unwahrscheinlich. Ich denke eher, dass es um den Park als solchen geht.« Sie deutete nach unten. »Meine Kollegin Tanya Bearold

arbeitet zurzeit unter Hochdruck daran, Hinweise in dieser Richtung zu finden. Sie betreut eine Etage tiefer das Archiv des Parks und untersucht nun sämtliche Unterlagen, insbesondere aus der Zeit vor und während der Bauphase.«

»Ihr vermutet also, der Täter könnte jemand sein, der schon den Bau des Movie Empire verhindern wollte?«, fragte der Zweite Detektiv.

»Das ist jedenfalls nicht auszuschließen«, bestätigte Judy. »Vor dem Baubeginn gab es eine Menge Leute und Interessengruppen, die aus den verschiedensten, teils wirtschaftlichen, teils ökologischen Gründen gegen die Verwirklichung dieses gigantischen Projekts waren. Vielleicht hat sich einer von ihnen dazu entschlossen, nun mit illegalen Aktionen dafür zu sorgen, dass das Movie Empire im Nachhinein doch noch scheitert.«

»Wer auch immer es ist – er gibt uns noch eine Schonfrist«, stellte Andy fest und deutete auf seine Armbanduhr. »Es ist zehn vor sieben. In ein paar Minuten schließt der Park und die letzte Show ist gerade zu Ende gegangen.«

Judy blickte angespannt durch die Panoramascheibe nach draußen. »Bis morgen um neun bleibt uns also Zeit, die richtige Veranstaltung mit der Pralinenschachtel zu finden.«

»Und außerdem haben wir noch den Mantikor am Hals«, warf Peter ein.

»Stimmt«, gab ihm Justus recht und wandte sich an Mrs Nigel. »Wie hat Mr Grayston denn auf die erneute Sichtung des blauen Biests reagiert?«

»So, wie ich es mir schon gedacht hatte«, entgegnete Judy, auf deren Stirn sich eine steile Falte abzeichnete. »Er sagte, dass es keine Monster gäbe und er von diesem Unsinn nichts mehr hören wolle.«

»Wie im Film *Der weiße Hai*«, stellte Peter nervös fest. »Da will der Bürgermeister eines Küstenorts ja auch nicht wahrha-

ben, dass eine schreckliche Gefahr die Badegäste bedroht. So konnte das Monster immer wieder zuschlagen …«
Unbeeindruckt blickte Justus in die Runde. »Für unser weiteres Vorgehen schlage ich folgenden Plan vor: Zunächst holen wir von zu Hause die Erlaubnis ein, heute im Movie Empire zu übernachten. Dort drüben steht ja eine sehr bequem aussehende Couch, auf der sich jeweils einer von uns aufs Ohr legen kann. Die anderen forschen währenddessen weiter nach Hinweisen auf die richtige Show beziehungsweise den rätselhaften Mantikor.«
»Da können wir gleich hiermit anfangen«, sagte Mrs Nigel und zückte eine DVD. »Diese Kopie habe ich mir gerade beim Sicherheitsdienst anfertigen lassen. Das sind die Kamera-Aufnahmen des Dschungelabschnitts, wo das Biest aufgetaucht ist, und zwar von den letzten achtundvierzig Stunden. So können wir überprüfen, ob der Mantikor heute und gestern bei seinem Erscheinen erfasst wurde.«
»Zumindest für einen kurzen Moment hat er ja seine Deckung verlassen«, entgegnete Justus. »Irgendetwas müsste also zu sehen sein.«
Auf dem großen Flachbildschirm erschienen nun vier verschiedene Kameraperspektiven. Mit der Fernbedienung spulte Judy zu dem ungefähren Zeitpunkt am Nachmittag zurück und schaltete auf Wiedergabe. Hochkonzentriert blickten alle auf die schwarz-weißen Bildausschnitte. Dann, nach etwa fünf Minuten, schoss plötzlich Peters Finger nach vorne.
»Da! Links oben – da ist es!«
Augenblicklich schaltete Mrs Nigel auf Pause. Ungläubig rückten alle näher an den Bildschirm heran. Tatsächlich war, wenn auch nur undeutlich, ein gewaltiges, löwenartiges Wesen zu sehen, das soeben aus dem Dschungeldickicht gebrochen war und nun auf der Mitte des Pfads verharrte.

Fassungslos rieb sich Andy über die Nasenwurzel. »Ich … habe keine Ahnung, was das ist – aber es ist riesig. Seht doch nur die Büsche im Vergleich! Das Vieh muss weit über drei Meter lang sein, eher vier!«
»Und es hat tatsächlich Hörner …«, ergänzte Peter, dessen Gesichtsfarbe soeben deutlich blasser geworden war.
»Nicht nur Hörner, sondern auch einen gebogenen Skorpionstachel am Ende seines Schwanzes«, fügte Judy an. »Es … ist tatsächlich ein Mantikor.«
»Korrektur«, schaltete sich nun der Erste Detektiv ein, der bis jetzt geschwiegen hat. »Diese Kreatur hat lediglich das *Aussehen* eines Mantikors.«
»Das läuft doch wohl aufs selbe hinaus, oder?«, fragte Peter verwirrt.
»Keineswegs«, widersprach Justus. »Das Äußere von jemandem oder etwas ist vielfältig veränderbar. Wenn wir also davon ausgehen, dass dieser ›Mantikor‹ gezielt so spektakulär hergerichtet wurde, dann muss es auch eine Person im Hintergrund geben, die dafür verantwortlich ist.«
Andy schüttelte den Kopf. »Just, ich sagte doch schon: So eine riesige Katze gibt es nicht. Kein verkleideter Löwe oder Tiger könnte derartige Ausmaße erreichen. Es muss irgendetwas anderes sein, und zwar ein Wesen aus Fleisch und Blut.« Er deutete auf den Bildschirm, während Mrs Nigel die Aufnahme weiterlaufen ließ. »Die Bewegungen sind absolut natürlich – so etwas lässt sich nicht künstlich nachmachen. Oder glaubst du, irgendein verrückter Ingenieur hat einen revolutionären Roboter-Prototyp mit dem Aussehen eines Mantikors entwickelt, nur um harmlose Parkbesucher zu erschrecken?«
»Nein, das glaube ich nicht«, erwiderte Justus angesäuert. »Aber die Annahme, es könne sich um ein echtes, menschenfressendes Ungeheuer handeln, ist für mich indiskutabel.«

Um keinen Streit aufkommen zu lassen, begann Judy nun, zu dem Zeitpunkt der ersten Sichtung durch die zwei Jungen zurückzuspulen. Diesmal war die Szene zwar kürzer, aber dennoch konnte man erneut eine große, gehörnte Kreatur erkennen, die für wenige Augenblicke den Dschungel verließ und anschließend ebenso schnell wieder verschwand. Für Justus war das jedoch immer noch kein eindeutiger Beweis.
»Bisher haben wir nur Tatzenabdrücke und ein paar unscharfe Videobilder – aus detektivischer Sicht ist das keinesfalls ausreichend für einen definitiven Befund.«
Mrs Nigel tippte sich nachdenklich an die Lippen. »Einigen wir uns also darauf, dass wir nicht wissen, womit wir es hier zu tun haben, außer dass es sehr groß und möglicherweise lebendig ist.«
»Und mit Sicherheit sehr gefährlich«, ergänzte der Zweite Detektiv leise.

# Gabbos Geheimnis

Wie es Justus vorgeschlagen hatte, riefen die Jungen nacheinander zu Hause an, um die Erlaubnis zu bekommen, die Nacht im Park zu verbringen. Da Wochenende war, gab es glücklicherweise keine Probleme. Nachdem sie sich mit ein paar Sandwiches gestärkt hatten, begaben sich alle an die Arbeit. Während Judy, Justus, Bob und Andy sich wieder an die Untersuchung der Show-Akten machten, entschied sich der Zweite Detektiv dafür, den Rest der Kamera-Aufnahmen zu überprüfen. Schließlich war nicht auszuschließen, dass der Mantikor weitere Male aufgetaucht war, ohne dass der Sicherheitsdienst ihn bemerkt hatte.

Um kurz vor neun klingelte das Telefon. Mrs Nigel nahm ab. Es war Inspektor Cotta, der von Bob Judys Nummer erhalten hatte. Da das Telefon über Freisprechanlage und Lautsprecher verfügte, konnte der Inspektor sich an die ganze Runde wenden.

»Da hattet ihr mal wieder den richtigen Riecher, Jungs. Ich habe eure Hinweise vorhin an die zuständigen Kollegen in Burbank und Glendale weitergeleitet. Angesichts von Katics Vorstrafenregister und wegen eines weiteren Verdachtsmoments hat das ausgereicht, um ganz schnell einen Durchsuchungsbefehl zu bekommen. Die Kollegen haben mich gleich angerufen. Sie haben bei der Hausdurchsuchung eine umfangreiche Sammlung von Einbruchswerkzeugen und Pläne der Citizens Business Bank sichergestellt.«

»Und was ist mit Katic und O'Keefe?«, fragte Justus.

»Beide waren anwesend und wurden vorläufig festgenommen. Vor allem O'Keefe scheint sehr gesprächig zu sein, um sich strafmildernde Umstände zu verschaffen.«

»Weiß man denn schon Näheres über die Hintergründe?«, wollte Bob wissen.
»O'Keefe wird zur Stunde vernommen«, erklärte Cotta. »Dabei werden sicherlich weitere Einzelheiten ans Licht kommen. So viel steht aber schon fest: In besagtem Bankschließfach 28286 scheint Gabbo wenige Tage vor seiner Verhaftung unter falschem Namen Geld und Schmuck aus seinem Einbruch in Ohio deponiert zu haben. Im Gegensatz zu den hunderttausend Dollar vom Banküberfall in San Mateo ist die beträchtliche Ohio-Beute ja nie gefunden worden.«
»Verstehe«, erwiderte Peter. »So war das Diebesgut erst mal sicher, auch wenn er ins Gefängnis wandert.«
»Was dann ja auch passiert ist«, ergänzte Andy.
»Richtig«, stimmte der Inspektor zu. »Seit einiger Zeit befürchtete Gabbo aber offenbar, dass jemand der Ohio-Beute dicht auf der Spur war. Vermutlich irgendwelche zwielichtigen Leute aus seiner Vergangenheit.«
»Also musste er handeln, bevor man ihm das Geld wegschnappte«, folgerte Judy.
»Davon ist auszugehen. Da die Citizens Business Bank ihren Schließfachbesitzern ausschließlich persönlichen Zugang gewährt, hätte es aber nicht ausgereicht, jemandem eine Vollmacht auszustellen und die Beute abholen zu lassen. Deshalb weihte Gabbo seinen Gefängniskumpel Katic ein und beauftragte ihn, nach dessen Entlassung und ausreichender Vorbereitung den Inhalt des Schließfachs gewaltsam zu beschaffen.«
»Sicherlich gegen eine anständige Beteiligung für ihn und seinen Komplizen O'Keefe«, fügte Bob hinzu.
Justus runzelte die Stirn. »Wenn das Schließfach nicht auf Gabbos Namen lief, hätte er doch einfach jemanden mit gefälschten Papieren schicken können, der sich für ihn ausgab.«
»Das ist richtig«, stimmte Cotta zu. »Aber ihm war wohl das

Risiko zu groß, dass bei einem ›offiziellen‹ Besuch unangenehme Nachfragen gestellt werden könnten.«
»Damit wäre das gesamte Unterfangen gescheitert und die Beute für immer außer Reichweite gewesen«, ergänzte Bob.
»So sehe ich das auch«, entgegnete der Inspektor. »Doch all das wird sich zweifellos im Laufe der weiteren Untersuchung herausstellen. Eins steht aber schon jetzt fest: Mit eurer Hilfe konnte nun auch Gabbos letztes Geheimnis gelüftet werden. Von meinen Kollegen in Glendale soll ich euch deshalb einen herzlichen Dank ausrichten. Die werden mit Sicherheit in Kürze noch auf euch zurückkommen.«
»Alles klar, dann richten Sie bitte unsere Grüße aus«, erwiderte Justus lächelnd. »Es war uns wie immer ein Vergnügen, den Hütern des Gesetzes hilfreich zur Seite zu stehen.«
Nachdem sie sich von Inspektor Cotta verabschiedet hatten, machten sich alle wieder an die Arbeit. Gerade als Judy glaubte, in ihrem Ordner einen Hinweis gefunden zu haben, riss Peter sie mit einem überraschten Ruf aus ihren Gedanken.
»Da ist es wieder!«
Schnell eilten alle zu ihm an den Bildschirm. Aufgeregt deutete der Zweite Detektiv auf den rechten oberen Ausschnitt. Zu sehen war der nächtliche Dschungel, aus dem in diesem Moment das gehörnte Löwenwesen trat.
»Das war gestern, Punkt Mitternacht, etwa zwanzig Meter nördlich von der heutigen Stelle«, erklärte Peter.
»Pünktlich zur Geisterstunde …«, murmelte Andy leise.
Judy rückte noch näher an den Monitor. »Dieses Wesen … scheint regelrecht zu leuchten!«
»Es dreht sich im Kreis herum …«, hauchte Bob fasziniert.
Justus nickte. »Und jetzt verschwindet es wieder im Urwald.«
»Kein Wunder, dass das bisher keinem aufgefallen war«, sagte Mrs Nigel ernst. »Von zehn Uhr abends bis sechs Uhr mor-

gens ist die Sicherheitszentrale nur von jeweils einem Nachtwächter besetzt. Abgelöst wird er nach der Hälfte der Zeit um zwei Uhr. Der Wächter schaut natürlich nicht dauernd auf alle Bildschirme, sondern macht auch Kontrollgänge im Park.«
»Verstehe«, erwiderte Peter. »Und solange es keinen Alarm gab, bestand natürlich kein Anlass, am nächsten Tag sämtliche Kamera-Aufzeichnungen zu kontrollieren.«
Mrs Nigel nickte. »Genau. Deshalb ist auch nicht nach irgendwelchen Spuren gesucht worden.«
»Die sind bestimmt ohnehin bei der allmorgendlichen Reinigung der Wege beseitigt worden«, vermutete Andy. »Heute hatten wir Glück, weil wir so schnell vor Ort waren.«
Justus legte die Stirn in Falten. »Wenn das mitternächtliche Auftauchen von gestern nicht bemerkt wurde, wäre es also möglich, dass das ›Biest‹ auch schon in früheren Nächten erschienen ist.«
»Das sagst ausgerechnet du?«, fragte Peter verblüfft. »Du glaubst doch gar nicht an den Mantikor!«
Der Erste Detektiv ließ sich nicht beirren. »Dass ich nicht an die Existenz eines Mantikors glaube, bedeutet nicht, dass ich diese mysteriösen Vorgänge abstreite.« Er wandte sich an Judy. »Bis zu welchem Zeitpunkt könnten wir frühere Kamera-Aufnahmen zurückverfolgen?«
Mrs Nigel überlegte kurz. »Soweit ich weiß, werden die Aufnahmen bis zu einer Woche zentral gespeichert und dann gelöscht, wenn kein Bedarf für sie mehr besteht. Ich werde gleich mal schauen, was ich auftreiben kann.«
Tatsächlich gelang es Judy, das Videomaterial der vergangenen sieben Tage zu besorgen. Abwechselnd begutachtete jeweils einer von ihnen die Aufnahmen, während die anderen weiter die Unterlagen durchstöberten. Mrs Nigels Annahme, sie hätte bei einer der Musical-Shows einen brauchbaren An-

haltspunkt gefunden, stellte sich leider als Irrtum heraus. Hinsichtlich des blauen Biests nahmen die Nachforschungen dagegen immer mehr Fahrt auf. Nachdem gegen elf Uhr die letzte Videosequenz kontrolliert war, zog Justus ein erstaunliches Fazit.

»Es besteht kein Zweifel: Unser Mantikor hat einen festen Terminplan für seine Auftritte. Jeweils pünktlich um Mitternacht taucht er auf einem der Wege in der Dschungelwelt auf, verharrt dort zwischen fünf und zwanzig Sekunden und verschwindet dann wieder.«

»Präzise wie ein Uhrwerk«, stellte Bob verblüfft fest.

Judy blickte durch die Panoramascheibe auf den nächtlichen Park hinaus. »Das bedeutet also …«

»… dass der Mantikor mit höchster Wahrscheinlichkeit auch heute Nacht hier auftauchen wird«, ergänzte Justus nickend.

»Und … du willst um Mitternacht im Dschungel auf ihn warten, richtig?«, fragte Peter stockend.

»Na, ich hoffe doch, dass ihr mir Gesellschaft leistet«, erwiderte Justus fröhlich. »Ihr wollt euch doch nicht die einmalige Gelegenheit entgehen lassen, ein altpersisches Fabelmonster live und in Farbe zu Gesicht zu bekommen, oder?«

In den folgenden Minuten entbrannte eine lebhafte Diskussion darüber, wie gefährlich ein solches Vorhaben war. Doch obwohl Peter alles andere als wohl in seiner Haut war, sah er ein, dass die ganze Situation zu unklar war, um schon jetzt polizeiliche Verstärkung anzufordern.

»Mach dir keine Sorgen«, beruhigte ihn Mrs Nigel. Ich werde Mr Callister informieren, der jetzt Nachtdienst hat. Er wird uns in die Dschungelwelt begleiten und notfalls mit seiner Waffe beschützen, falls wir wirklich angegriffen werden.«

»Na, hoffentlich wirken Kugeln auch gegen Mantikore …«, murmelte Peter beunruhigt.

# Das blaue Biest

Eine halbe Stunde vor Mitternacht machten sie sich gemeinsam mit Mr Callister auf den Weg. Judy hatte ihn knapp über den Stand der Dinge informiert, sodass er nicht völlig unvorbereitet war, wenn wirklich etwas Außergewöhnliches passierte. Da der Mantikor immer an unterschiedlichen Stellen im Urwald aufgetaucht war, mussten sie sich wohl oder übel aufteilen. Sie blieben jedoch mittels Funkgeräten in Kontakt, die Mrs Nigel besorgt hatte. Nacheinander verteilten sie sich an den vorher besprochenen Positionen und versteckten sich leise im Dickicht. Die Minuten verstrichen und die Anspannung steigerte sich unaufhaltsam.

Selbst Justus musste sich eingestehen, dass er deutlich nervöser war, als er es den anderen gegenüber zugegeben hätte. In wenigen Augenblicken würde sich erweisen, was wirklich hinter diesem rätselhaften Spuk steckte. Bei Peter hingegen war es keine gespannte Erwartung, sondern beklommene Unruhe, mit der er dem Auftauchen des blauen Ungeheuers entgegenfieberte.

Jetzt in der Dunkelheit wirkte der Dschungel noch um ein Vielfaches unheimlicher als bei Tageslicht. Nur die Scheinwerfer der Nachtbeleuchtung entlang der Besucherwege erzeugten alle zwanzig Meter matte Lichtinseln auf dem verschlungenen Pfad. Ansonsten war es stockfinster im Urwald, denn die mitgenommenen Taschenlampen waren nun natürlich ausgeschaltet.

Da! War da nicht gerade ein Rascheln gewesen? Der Zweite Detektiv blickte sich nach allen Seiten um, doch er konnte in der gestaltlosen Dunkelheit nichts entdecken. An den beleuchteten Zeigern seiner Armbanduhr las er ab, dass es genau

eine Minute vor Mitternacht war. In wenigen Sekunden würde das menschenfressende blaue Monstrum erscheinen …
Das tiefe Brüllen einer Raubkatze ließ Peter urplötzlich zusammenzucken. Geschockt wirbelte er herum. Das Bild, das sich ihm nun bot, schien seinen schrecklichsten Albträumen entsprungen zu sein. Direkt vor ihm ragte ein riesenhaftes Wesen mit enormen Tatzen, wallender Mähne, geschwungenen Hörnern und mächtigem Skorpionschwanz auf. Sein Fell schimmerte in einem kalt leuchtenden Blau. Das Schlimmste aber war der Kopf. Es war nicht der Schädel eines Tieres, sondern eine grauenhafte menschliche Fratze mit einem weit aufgerissenen Maul voller spitzer Reißzähne.
Panisch riss Peter das Funkgerät hoch. »Es … es ist hier!!«
Sofort geriet die Umgebung in Bewegung und in der Ferne flammten Taschenlampen auf.
»Bleib ganz ruhig, Zweiter – wir kommen!«
Das war Justus. Er war Peter am nächsten und kam aus nördlicher Richtung angerannt. Jetzt bog er um eine Kurve – und blieb ruckhaft stehen. Keine fünf Meter entfernt stand das gewaltige blaue Biest auf der Mitte des Dschungelpfads. Fasziniert riss der Erste Detektiv die Augen auf. Was auch immer da brüllend die krallenbewehrten Tatzen in den Boden stemmte – es sah tatsächlich wie ein gewaltiger Mantikor aus.
Aber das war natürlich unmöglich – sämtliche Gesetze der Naturwissenschaft sprachen dagegen. Es konnte, es *durfte* einfach nicht wahr sein. Justus Jonas, das Logikgenie mit dem messerscharfen Verstand, würde sich ganz bestimmt nicht von so einem grotesken Hokuspokus für dumm verkaufen lassen! Mit grimmigem Lächeln richtete er den Lichtstrahl seiner Taschenlampe direkt auf das Löwenwesen.
»Hallo, Miezekater!«, rief er mit fester Stimme. »Mal wieder auf Nachtausflug?«

Augenblicklich wirbelte das Untier herum und senkte angriffslustig den riesigen Kopf. Funkelnde Raubtieraugen fixierten den Ersten Detektiv. Ein wütendes Knurren zerriss die Luft. Sämtliche Muskeln des Mantikors waren zum Sprung gespannt.

»Sehr lebensecht, alle Achtung!« Aufmerksam wanderte Justus mit seinem Blick die Umgebung ab. Irgendwo musste der Urheber dieser Monster-Show versteckt sein, dessen war er sich hundertprozentig sicher. Gleich würde er sich zu erkennen geben und mit einem Knopfdruck dieser optischen Illusion ein Ende setzen.

Als der Erste Detektiv seinen Irrtum erkannte, war es bereits zu spät. Mit einem gewaltigen Satz sprang das Ungeheuer auf ihn zu und riss ihn mit brutaler Gewalt zu Boden. Die Härte des Aufpralls presste dem Ersten Detektiv sämtliche Luft aus den Lungen. Winzige Sterne explodierten vor seinen Augen. Justus war so geschockt, dass er nicht einmal in der Lage war, abwehrend die Arme zu heben. Durchdringender Raubkatzengeruch benebelte seine Sinne. Wie betäubt sah er regungslos zu, wie sich das entsetzliche Maul langsam zu ihm herabsenkte. Verstört erkannte er, dass das Ungeheuer mehrere hintereinanderliegende Zahnreihen besaß. So wie in den Legenden …

Es war unmöglich, die Wahrheit länger zu verdrängen: Ein mythischer Mantikor war zum Leben erwacht und würde ihn nun fressen. Justus wandte den Kopf ab und schloss die Augen. Mit einem Mal wurden seine wild umherzuckenden Gedanken von einer unwiderstehlichen Kraft hinweggespült. Übrig blieben zwei helle Schemen, die in einer fließenden Bewegung Gestalt annahmen. Es waren Tante Mathilda und Onkel Titus. Hinter ihnen erblickte Justus zwei weitere Schatten, in denen er seine verstorbenen Eltern Catherine und Julius erkannte. Stumm lächelten sie ihn an. Voller Liebe. Ohne Angst.

Zögernd öffnete Justus die Augen. In seinem entrückten Zustand nahm er nicht mehr wahr, dass im Hintergrund Peter mit einem hoch erhobenen großen Ast angerannt kam. Langsam drehte der Erste Detektiv dem blauen Biest sein Gesicht zu und blickte es furchtlos an. Unter der gewaltigen Last des Untiers brachte er nur ein leises Flüstern zustande, doch es lag kein Zittern in seiner Stimme.
»Ich glaube nicht an dich …«
In diesem Moment erscholl aus der Ferne ein scharfer Befehl.
»Leonidas – zurück!«
Der gewaltige Schädel des Mantikors ruckte nach oben. Mit einem grollenden Knurren ließ er vom Ersten Detektiv ab und schritt langsam zurück. Auch Peter hielt überrascht inne und blickte sich um. Von links trat nun ein hagerer Mann aus dem Dickicht. Er war etwa fünfzig, hatte eisgraue Haare, einen zerzausten Vollbart und trug einen schwarzen Overall.
»Steh!«, befahl er dem blauen Wesen.
Jetzt waren auch die anderen am Ort des Geschehens angekommen. Während Judy fassungslos die Hände vor das Gesicht schlug, zog der ebenfalls entgeisterte Mr Callister augenblicklich seinen Revolver und zielte auf den Mantikor.
»Nicht schießen!«, rief der Fremde und hob aufgeregt die Hände. »Er hat nur auf das blendende Licht reagiert – eigentlich ist er lammfromm!«
»Lionel??«, entfuhr es Mr Callister, dessen Blick zwischen dem Mantikor und dem Mann im Overall hin- und hersprang.
»Sie … kennen den Mann?«, fragte Justus ächzend, während er sich mühsam auf die Beine kämpfte.
»Aber ja«, erwiderte Callister perplex. »Das ist Lionel Pengrim, mein Kollege vom Nachtdienst, der mich in zwei Stunden ablösen soll!«
»Was??«, entfuhr es Andy.

Mrs Nigel war immer noch wie erstarrt.
»Sie sind uns einige Erklärungen schuldig, Mister!«, rief Bob.
»Aber erst mal binden Sie dieses Monster irgendwo fest«, fügte der Zweite Detektiv an, während er Justus beim Aufstehen half. Er traute dem plötzlichen Frieden nicht. Das blaue Biest hatte sich inzwischen zu Füßen von Mr Pengrim niedergelassen und den schrecklichen Kopf auf die Tatzen gesenkt.
»Das ist nicht nötig, wirklich!«, versicherte der Bärtige. »Leonidas ist vollkommen harmlos, das garantiere ich.«
»Vielleicht hätten Sie dennoch die Güte, uns zu sagen, womit wir es hier zu tun haben«, entgegnete Justus, der mittlerweile wieder halbwegs gerade stand. »Mit Sicherheit ja nicht mit einem Mantikor.«
»Doch, doch!«, beteuerte Mr Pengrim heftig nickend. »Jetzt ist er ein Mantikor und später verwandele ich ihn zurück.«
»Sie … verwandeln ihn zurück?«, fragte Judy ungläubig.
»Ja, genau.« Der Mann im Overall strahlte übers ganze Gesicht. Er freute sich sichtlich über die Aufmerksamkeit, die ihm gerade zuteilwurde. »Zurück geht's aber sehr viel schneller als hin. Die Verwandlung in den Mantikor dauert über eine Stunde. Ein Riesenhaufen Arbeit, das kann ich Ihnen sagen.«
Inzwischen war sich der Erste Detektiv sicher, dass Mr Pengrim nicht ganz bei klarem Verstand war. Auch die anderen hatten die Situation erfasst und hielten sich vorerst zurück.
Mit bewusst ruhiger Stimme stellte Justus seine nächste Frage.
»Würden Sie uns diese Rückverwandlung zeigen?«
Der Mann zögerte und kratzte sich verunsichert am Kopf.
»Hmm … eigentlich machen wir das ja nur zu Hause.« Nach einigen Sekunden nickte er jedoch und kniete sich zu dem blauen Wesen herunter. »Na gut, weil ihr es seid.«
Unter den fassungslosen Blicken seiner Zuschauer schnallte

Lionel Pengrim nun mit geübten Griffen die täuschend echt aussehende, gehörnte Maske des Mantikors ab. Darunter kam ein mächtiger, löwenartiger Kopf mit bronzefarbenem Fell zum Vorschein. Die Miene des Tiers war weder von Aggression noch von Unruhe erfüllt, sondern zeigte stoische Ruhe.
»Was … ist das?«, fragte Peter verwirrt. »Ein Löwe?«
»Löwe?«, fragte Mr Pengrim belustigt, während er zwei wuchtige lederartige Nackenpolster aufschnürte, die das Tier noch massiver und bedrohlicher hatten erscheinen lassen. »Leonidas kann es spielend mit drei Löwen aufnehmen.« Stolz klopfte er an die mächtige Flanke des Tiers. »Nichts und niemand ist so stark wie Leonidas.«
»Aber ein Tiger ist das doch auch nicht«, stellte Andy fest.
Mr Pengrim schnallte inzwischen den geschwungenen, offenbar aus einem harten Kunststoff geformten Skorpionstachel ab. Dann schüttelte er mit bedeutungsvoller Miene den Kopf. »Kein Löwe und auch kein Tiger.« Er stand auf und gab Leonidas mit einem Handzeichen zu verstehen, dass er dasselbe tun sollte. Leise grollend richtete sich die riesige Katze auf. Mit ihrem gewaltigen, über dreieinhalb Meter großen Körper bot sie auch ohne Mantikor-Verkleidung einen Ehrfurcht gebietenden Anblick.
Strahlend deutete Mr Pengrim auf das imposante Tier. »Darf ich vorstellen: Leonidas, der stärkste Liger der Welt!«
»Liger?«, fragte Judy. »Davon habe ich noch nie gehört.«
»Ich Esel!«, schimpfte Justus. »Wegen dieser ganzen Mantikor-Ablenkung habe ich es sträflich vernachlässigt, logische Schlussfolgerungen zu ziehen. Wenn es kein Löwe und kein Tiger sein konnte, musste es zwangsläufig ein Liger sein!«
Irritiert blickte Mr Callister ihn an. »Und was ist ein Liger?«
»Vor einiger Zeit habe ich in einem Wälzer von meinem On-

kel darüber gelesen«, erwiderte der Erste Detektiv. »Liger sind Hybride, also Kreuzungen zwischen einem männlichen Löwen und einem weiblichen Tiger. Deshalb vereinen sie auch meist die Merkmale beider Elterntiere. Im Fall von Leonidas ist das die Mähne eines Löwen und die – allerdings schwach ausgeprägten – Tigerstreifen auf seinem Fell. Das Auffälligste an Ligern ist jedoch ihre enorme Größe, mit der sie ihre Eltern deutlich übertreffen. Liger zählen deshalb zu den größten Katzen der Erdgeschichte.«

»Und warum habe ich noch nie von diesen Tieren gehört?«, fragte Peter.

»Weil sie sehr selten sind und in freier Wildbahn überhaupt nicht vorkommen«, erklärte Justus. »Das liegt daran, dass sich die Lebensräume von Löwen und Tigern nicht überschneiden. Liger gibt es ausschließlich in menschlicher Haltung, als Ergebnis gezielter Kreuzung. Früher hat man das ganz bewusst getan, um Attraktionen für Zoos und Zirkusse zu schaffen, aber heutzutage ist dieses Vorgehen extrem umstritten.«

Mr Pengrim, der den Ausführungen des Ersten Detektivs offensichtlich nur mit halbem Ohr zugehört hatte, hob beim Stichwort »Attraktion« euphorisch den Arm. »Jawohl! Leonidas ist eine der größten Attraktionen diesseits des Pazifiks! Die Majestät der Tiere! Zu bewundern in ›Pengrim's Paradise‹ am Santa Ana Freeway!«

Verdutzt starrte ihn die Gruppe an. Andy überwand als Erster sein Erstaunen. »Sie … haben also einen privaten Tierpark, in dem Sie Leonidas vor Publikum präsentieren, richtig?«

Auf die Miene des Grauhaarigen legte sich ein betrübter Schatten. »Ja, aber es kommt kaum noch jemand. Die Leute interessieren sich nicht mehr für echte Wunder …« Er deutete auf das in der Ferne leuchtende Logo des Filmparks. »*Das* ist es, was sie wollen – künstliche Sensationen ohne Herz und

Seele. Aber nur, weil sie den Glanz der Wahrhaftigkeit nicht mehr kennen.«

»Und damit wollten Sie sich nicht abfinden?«, folgerte Justus.

Statt einer Antwort wies der Bärtige energisch auf den mächtigen Liger. »Es steckt so viel Energie und Talent in Leonidas! Das darf doch nicht einfach so verkommen! Er verdient es, ein großes Publikum zu verzaubern!« Pengrim seufzte. »Genau das wollte ich auch Direktor Grayston erklären, aber man hat mich nicht mal zu ihm durchgelassen. ›Für Tiere haben wir keine Verwendung‹, wurde mir gesagt. Aber Leonidas ist kein normales Tier – er ist ein Wunder der Natur! Der König aller Raubkatzen!«

»Und um die Leute doch noch von diesem Wunder zu überzeugen, haben Sie die nächtlichen Ausflüge arrangiert«, entgegnete Judy.

»Für Leonidas würde ich jede Mühe auf mich nehmen. Ich habe mich für den Job als Nachtwächter beworben, damit ich Zugang zur Anlage bekomme.« Er zeigte auf Mr Callister. »Wenn Joe Dienst hatte, gab es außer ihm niemanden, auf den ich achten musste. Ich kenne seine Routen, also habe ich mir die Dschungelwelt für unsere Auftritte ausgesucht.«

Mr Callister hob irritiert die Augenbrauen. »Auftritte?«

Pengrim nickte eifrig. »Aber ja! Zu Hause habe ich Leonidas verwandelt und bin dann mit ihm im Pick-up hierhergefahren. Der Personaleingang auf der Südseite liegt direkt neben der Urwald-Ebene. Von dort kamen wir ohne Probleme aufs Gelände und waren sofort vom Blätterdach geschützt.«

»Und dann haben Sie Leonidas dazu gebracht, sich auf dem Dschungelpfad in Szene zu setzen«, folgerte Bob.

»Genau! Aber natürlich nur kurz. Ich wollte ja nicht riskieren, dass wir durch einen blöden Zufall doch erwischt werden.«

Justus verengte nachdenklich die Augen. »Sie wollten Ihren

Liger also mit so wenig Risiko wie möglich den Park-Kameras präsentieren und hofften, dass die Aufnahmen später entdeckt würden.«

»Ja!«, erwiderte Mr Pengrim euphorisch. »Sie sollten sehen, wie wundervoll Leonidas ist, und dann würden sie ihn haben wollen – als größte Attraktion des Parks!«

»Aber Ihr Plan ging nicht auf«, warf Andy ein. »Ihre nächtlichen Auftritte blieben unbemerkt.«

»Deshalb fingen Sie an, den Liger auch tagsüber kurzzeitig erscheinen zu lassen«, ergänzte Judy.

»Stimmt«, gab Pengrim zu. »Ich bin mit dem Pick-up direkt bis vor den Personaleingang gefahren und habe Leonidas in einem günstigen Moment hineingeschleust. Und dann haben wir auf eine Gelegenheit für seinen Auftritt gewartet. Leonidas sollte doch berühmt werden …«

»Und was soll diese irre Verkleidung?«, schaltete sich Mr Callister ein.

»Als ich mich hier wegen Leonidas beworben habe, sagte man mir, dies sei ein Filmpark und kein Zoo.« Er ahmte eine unangenehme Frauenstimme nach. »Wir präsentieren hier lebendige Fantasien und keine verlausten Tiere!«

»Deshalb bastelten Sie für Leonidas dieses spektakuläre Kostüm und erschufen einen mythischen Mantikor«, erwiderte der Erste Detektiv. »Lebendiger kann Fantasie wahrhaftig nicht sein.«

Eine Frage brannte Peter immer noch auf den Nägeln. Er deutete auf das fluoreszierende Fell des Ligers. »Aber warum die Farbe Blau?«

Verdutzt schaute ihn Mr Pengrim an. »Na, wegen des Filmparks. Blau ist doch die Farbe vom Movie Empire und Leonidas wird sein neuer Superstar!«

# Die Zeit läuft ab

In den folgenden Minuten versuchte Mrs Nigel, eine geeignete Strategie zu finden, um die Situation ruhig und vor allem gefahrlos unter Kontrolle zu bringen. Es stand außer Frage, dass Lionel Pengrim in seinem verwirrten Zustand keinen verantwortungsvollen Umgang mit dem Liger gewährleisten konnte. Man würde also eine andere Lösung finden müssen. Schließlich gelang es Judy, Mr Pengrim davon zu überzeugen, dass es für den Moment das Beste sei, Leonidas zurück in den Anhänger des Pick-ups zu bringen. Anschließend gingen alle zusammen in Mrs Nigels Büro, wo Judy einige Telefonate führte. Diesmal war Direktor Grayston mit der Hinzuziehung der Polizei einverstanden, zumal ja keine Besucher vor Ort waren. Gemeinsam mit dem zuständigen Officer kam man darin überein, Mr Pengrim zunächst in ärztliche Obhut zu geben, um seine Zurechnungsfähigkeit zu überprüfen. Leonidas würde von einem Team des Los Angeles Zoo abgeholt werden, wo der Liger unter deutlich besseren Verhältnissen leben konnte als in Pengrims winzigem Tierpark.

Nach der überstandenen Achterbahnfahrt der Gefühle ergriff die nun einsetzende Erschöpfung umso heftiger von allen Besitz. Sie waren sich einig, dass an ein konzentriertes Weiterarbeiten kaum mehr zu denken war. Daher beschlossen alle, sich einige Stunden Ruhe zu gönnen und am nächsten Morgen in aller Frühe weiterzumachen. Nachdem Mrs Nigel weitere Schlafgelegenheiten hergerichtet hatte, zog sie sich ins Nebenzimmer zurück, wo ebenfalls ein bequemes Sofa stand. Um halb sechs waren dann alle wieder, ausgerüstet mit Bagels und heißem Kakao, an ihrem Schreibtisch versammelt. Bis zur ersten Show hatten sie noch dreieinhalb Stunden Zeit.

Mit Feuereifer machten sie sich an die Arbeit, doch je mehr Zeit verstrich, desto stärker schwand ihre Zuversicht.

Genervt hob Andy einen grünen Ordner an. »Diese Unterlagen zu Charlys verflixter Schokoladenfabrik habe ich jetzt bestimmt schon das dritte Mal durchgeackert – da ist einfach nichts!«

»Auf meinem Posten ist auch Fehlanzeige«, brummte Bob und klappte ärgerlich einen Schnellhefter zu.

»Auch ich zweifle inzwischen daran, dass wir auf diese Weise fündig werden«, gab Justus zu. »Irgendetwas müssen wir übersehen haben …«

»Aber was?«, fragte Andy missmutig. »Wir haben doch alle Teile des Sabotage-Puzzles zusammengesetzt.«

»Mir fällt beim besten Willen auch nichts mehr ein …«, gestand Judy.

»Das Puzzle!«, rief der Zweite Detektiv plötzlich. »Der Diebstahl!«

Irritiert blickte Justus ihn an. »Was ist damit?«

»Wir haben doch festgestellt, dass der Saboteur bei der gestohlenen Kamera aus irgendeinem Grund von seinem Muster abgewichen ist«, erwiderte Peter aufgeregt. »Wenn die bisherigen Botschaften und die anschließenden Anschläge ein Puzzle sind, dann ist der Diebstahl sozusagen ein Stein, der nicht hineinpasst.«

»Bravo, Zweiter – du hast vollkommen recht!«, lobte Justus anerkennend. »Im Wirbel der Ereignisse bin ich gestern völlig von meinem Gedanken abgekommen. Der Saboteur sah sich aus irgendeinem Grund gezwungen, zu improvisieren – und diesen Grund müssen wir herausfinden!« Er wandte sich an Mrs Nigel. »Hast du die Zeugenaussage der bestohlenen Dame hier im Büro?«

»Ja, einen Moment.« Judy öffnete eine seitliche Schublade,

holte ein zweiseitiges Dokument hervor und gab es dem Ersten Detektiv, der es aufmerksam durchlas.
»So etwas dachte ich mir schon!«, verkündete er anschließend aufgeregt. »Mrs Hampton sagte aus, dass sie die Kamera erst wenige Augenblicke zuvor aus ihrer Handtasche geholt und höchstens zwei oder drei Bilder gemacht hatte, bevor sie beraubt wurde.«
»Und wie bringt uns das weiter?«, fragte Bob skeptisch.
»Schon am Tatort hatte ich mich gewundert, dass der Täter es nicht auf die viel lohnendere Handtasche der Dame abgesehen hatte. Stattdessen hat er ihr nur die Kamera aus der Hand gerissen, die laut Aussage von Mrs Hampton schon ziemlich alt und keineswegs wertvoll war.«
»Ich verstehe«, klinkte sich Judy ein. »Dem Dieb ging es also gar nicht um die Kamera selbst, sondern um das, was Mrs Hampton mit ihr aufgenommen hat!«
»So ist es«, bestätigte Justus. »Ich vermute, die Dame hat, ohne es zu wissen, den Saboteur fotografiert. Und es muss etwas Verräterisches an dem Bild gewesen sein, sonst wäre er nicht so versessen darauf gewesen, die Kamera in die Hand zu bekommen. Vielleicht war er gerade dabei, sich zu maskieren.«
»Und weil er bemerkt hat, wie er fotografiert wurde, musste er sich die Kamera beschaffen«, ergänzte der Zweite Detektiv.
Justus nickte. »Richtig – und wir müssen herausfinden, was genau auf dem Bild zu sehen war.«
Verdutzt blickte Andy ihn an. »Wie willst du das denn anstellen? Die Kamera ist doch weg!«
»Stimmt«, räumte der Erste Detektiv ein. »Mrs Hamptons Fotoapparat steht uns nicht zur Verfügung. Aber die Aufnahmen der Park-Kameras! Wir kennen ja genau den Ort des Diebstahls. Wenn Mrs Hampton die Kamera erst wenige Augenblicke vorher aus der Handtasche geholt hat …«

»… dann finden wir sie im Umfeld des Tatorts vielleicht auf den Video-Aufnahmen!«, führte Bob den Satz zu Ende.
Justus lächelte grimmig. »Und wenn wir sie finden, dann entdecken wir vielleicht auch den Saboteur bei einer verräterischen Aktion!«
Rasch besorgte Judy die fraglichen Aufnahmen des vergangenen Nachmittags und legte die DVD in den Recorder ein. Sie spulte vor bis zur Stelle, auf der von Ferne der Diebstahl zu sehen war. Im Gegensatz zu den Schwarz-Weiß-Videos aus der Dschungel-Ebene handelte es sich hier um hochwertigere Farbaufnahmen der zentralen Hauptkameras.
»So, und jetzt noch ein kleines Stück zurück«, forderte Justus Mrs Nigel auf.
»Halt!«, rief Bob plötzlich. »Dahinten ist Mrs Hampton! Man erkennt sie deutlich an ihrer grünen Jacke.«
»Du hast recht«, erwiderte Judy mit angespannter Miene. »Da holt sie die Kamera aus ihrer Tasche!«
»Mist!«, fluchte Peter. »Ausgerechnet jetzt wird sie von diesem Indiana-Jones-Typen mit seinen Tier-Luftballons verdeckt!«
»Egal«, erwiderte Justus harsch. »Um Mrs Hampton geht es doch gar nicht, sondern um das, was sie fotografiert. Bevor Indiana Jones kam, hat sie in westliche Richtung geblickt. Also wird da auch das Motiv für ihr Foto sein.«
»Ich hab's!«, platzte es aus Andy hervor. Aufgeregt deutete er auf den oberen Rand des Bildschirms. »Die Bühnenhalle der *Forrest-Gump*-Show!«
»*Forrest Gump*!«, rief Peter und klatschte sich an die Stirn.
»Das Leben ist wie eine Schachtel Pralinen – man weiß nie, was man bekommt«, zitierte Bob diesen berühmten Filmspruch.
»Jetzt wissen wir also, wo der Saboteur heute zuschlagen wird!«, stellte Judy aufgeregt fest.

»Stimmt, aber da muss noch mehr zu sehen sein«, wandte Justus ein. »Der Täter hat die Kamera ja bestimmt nicht gestohlen, nur weil Mrs Hampton diese Halle fotografiert hat.«
Konzentriert schauten sie sich den Ausschnitt ein weiteres Mal in Zeitlupe an. Plötzlich ruckte der Zweite Detektiv mit dem Kopf nach vorne. »Da! Da ist er!«
Schnell schaltete Mrs Nigel auf Pause.
»Tatsächlich«, raunte Justus. »Eine kostümierte Gestalt mit Helm, die aus einem Seiteneingang der Bühne schleicht. Aber … das gibt's doch nicht!« Entgeistert rückte er noch näher an den Bildschirm heran. Erst hatte er es für eine optische Täuschung gehalten, doch es gab keinen Zweifel. Aus dem dunklen Helm ragte seitlich eine lange Haarsträhne heraus. Sie leuchtete feuerrot im Sonnenlicht.
Andy erfasste am schnellsten, welchen Verdacht Justus hatte. »Du meinst, die ›stählerne Lady‹ ist der Saboteur?!«
Mrs Nigel blickte verwirrt in die Runde. »Die stählerne Lady?«
Rasch erzählten ihr die Jungen von der angeblichen Sicherheitsexpertin. Fassungslos bestätigte Judy, dass es keine Mrs Woodrow gab, die für den Park arbeitete.
»Wirklich gerissen …«, murmelte sie kopfschüttelnd. »Sich einfach als Beauftragte des Direktors auszugeben, um in allen Sicherheitsbereichen herumspionieren zu können. Da alle Parkangestellten wissen, wie selbstherrlich Mr Grayston schaltet und waltet, hat niemand ihre Autorität infrage gestellt.«
In Justus' Hirn hatte inzwischen eine Kettenreaktion eingesetzt. »Der Texas-Akzent …« Hastig deutete er nach unten. »Judy, weißt du, ob Mrs Bearold schon unten im Archiv ist?«
»Nein, sie wird heute erst gegen zehn hier sein.«
»Dann ist es zu spät.« Die Gesichtszüge des Ersten Detektivs verhärteten sich. »Hast du ihre Telefonnummer?«
»Ja, aber –«

»Nicht jetzt«, unterbrach er sie. »Ich erkläre alles später.«
Eilig suchte Mrs Nigel die Nummer der Archivarin heraus und reichte das Telefon dem Ersten Detektiv, der hastig wählte und den Lautsprecher einschaltete. Bereits nach dem zweiten Klingeln nahm Mrs Bearold ab.
»Ja, bitte?«, meldete sich eine sympathische Stimme.
»Hier ist Justus Jonas, ich rufe im Auftrag von Judy Nigel an. Wir stehen wegen des Saboteurs unter großem Zeitdruck, deshalb bitte ich Sie, mir so knapp wie möglich zu antworten.«
»Okay …«, erwiderte Mrs Bearold leicht verunsichert.
»Sie untersuchen doch zurzeit alle Unterlagen, die aus der Zeit vor und während der Bauphase des Parks stammen. Gab es unter den Interessengruppen, die sich gegen das Movie Empire eingesetzt haben, auch Personen aus Texas?«
Angesichts dieser seltsamen Frage hielt die Archivarin kurz inne. »Das … kann ich nicht aus der Erinnerung sagen. Aber warte einen Moment – ich habe mir gestern Abend einige Dokumente mit nach Hause genommen. Da müsste auch die Übersichtsliste mit dabei sein, die ich vor drei Tagen angefertigt habe.« Man hörte, wie sie das Telefon ablegte und den Raum verließ. Wenige Augenblicke später kam sie wieder zurück und blätterte raschelnd mehrere Papiere durch. »Da ist es, mal schauen. … Tatsächlich! Ein Immobilienunternehmer namens Garvey Monaghan aus Fort Worth, Texas. Er hatte eine Option auf das Land erworben und wollte hier eine Solar-Hotelanlage errichten. Nach einem zähen Rechtsstreit unterlag er aber schließlich Mr Grayston und musste das Vorhaben aufgeben.«
Nervös tippte Justus mit den Fingern auf der Schreibtischplatte herum. »Und ist vielleicht irgendwo vermerkt, ob da auch eine Frau in Erscheinung getreten ist?«
»Ja«, bestätigte Mrs Bearold, ohne zu zögern. »Juristisch wurde

er von seiner Tochter Lindsay unterstützt, die den gesamten Prozess begleitet hat. Ich kann dir gleich mal ein Pressefoto faxen, auf dem beide zu sehen sind. In Graystons Lager nannte man Mrs Monaghan übrigens scherzhaft die ›Feuerbraut‹, einerseits wegen ihres hitzigen Temperaments und andererseits …«

»… wegen ihrer feuerroten Haare«, ergänzte Justus trocken.

# Showdown

Nachdem er sich von Mrs Bearold verabschiedet und aufgelegt hatte, blickte Judy hektisch auf ihre Armbanduhr. »Noch eine halbe Stunde, bis die *Forrest-Gump*-Show beginnt! Am besten, ich lasse die Veranstaltung absagen und sperre die Bühne komplett ab.«

»Auf keinen Fall!«, widersprach Justus energisch. »Lindsay Monaghan ist bestimmt schon in der Nähe, so wie auch bei der *Tarzan*-Show. Wenn sie Verdacht schöpft, löst sie den Anschlag vielleicht verfrüht aus – und wir haben keine Ahnung, mit was wir es diesmal zu tun haben.«

Andy nickte. »Stimmt, das wäre viel zu riskant für die Darsteller und Besucher, die schon jetzt vor Ort sind.«

»Aber irgendetwas müssen wir doch tun!«, rief Peter.

»Das werden wir auch«, erwiderte der Erste Detektiv ernst. »Aber jeder Schritt muss jetzt wohldurchdacht sein. Wir dürfen kein Sicherheitspersonal hinschicken, weil Lindsay das sofort alarmieren würde. Auch wir dürfen dort nicht auftauchen, weil sie uns wiedererkennen könnte.«

»Das gilt nicht für mich«, warf Bob ein. »Ich bin gestern ja erst zu euch gestoßen, als der Tarzan-Vorfall schon vorbei war.«

Justus nickte. »Das ist richtig. Aber du allein wirst die Saboteurin kaum aufhalten können, solange wir nicht wissen, wo sie sich versteckt hält. Wir müssen sie irgendwie aus der Reserve locken …«

»Ich hab da vielleicht eine Idee!«, verkündete Andy aufgeregt und wandte sich an Mrs Nigel. »Es gibt doch bestimmt eine Möglichkeit, von außerhalb auf die Elektronik der Bühnen-Shows zuzugreifen, oder?«

»Ja, natürlich«, bestätigte Judy irritiert.

Justus hatte sofort verstanden, worauf Andy hinauswollte. Ein Strahlen breitete sich über das Gesicht des Ersten Detektivs aus. »Andy – du bist der Größte! Wenn wir die Show wegen eines vermeintlichen Technik-Störfalls frühzeitig unterbrechen und das Publikum hinauslotsen können, machen wir der Feuerbraut einen dicken Strich durch die Rechnung. Ob sie will oder nicht, sie wird reagieren müssen – und dann kriegen wir sie!«

In den folgenden Minuten wurden fieberhaft die notwendigen Vorkehrungen getroffen. Inzwischen hatte Mrs Bearold weitere Unterlagen gefaxt, aus denen hervorging, dass Lindsay Monaghan ein Ingenieurstudium absolviert hatte, bevor sie sich den Rechtswissenschaften zuwandte. Deswegen also besaß sie die notwendigen Kenntnisse zur Verübung der Sabotage-Akte.

Während Bob nun zur Ebene drei eilte, wo sich die *Forrest-Gump*-Halle befand, informierte Judy den Sicherheitsdienst und ließ sich die Live-Aufnahme der entsprechenden Bühnenkamera auf ihr Smartphone schalten. So konnte sie von jedem Punkt im Park aus mitverfolgen, was während der Show vor sich ging. Anschließend stieg sie gemeinsam mit Justus, Peter und Andy in einen kleinen Van, der im Unterschied zu den Buggys eine geschlossene Kabine und getönte Scheiben hatte. Dennoch wollte Mrs Nigel kein unnötiges Risiko eingehen und parkte in gut hundert Meter Abstand von der Bühnenhalle neben einem Wartungshäuschen. Per Funk waren sie mit einem Team von Sicherheitsleuten verbunden, die sich in Zivilkleidung unauffällig ringsherum in Stellung gebracht hatten. Die Halle betrat jedoch keiner von ihnen, da man nicht wusste, wie gut sich die Saboteurin mit dem Parkpersonal auskannte. Alle Beteiligten hatten eine Kopie des Pressefotos erhalten und waren darüber informiert

worden, wie die vermutliche Maskierung von Lindsay Monaghan aussah.
Bob war inzwischen in der Halle eingetroffen und hatte sich einen der hintersten äußeren Plätze ausgesucht, damit er das Publikum im Auge behalten konnte. Bis jetzt hatte er jedoch weder eine Gestalt mit Helm noch eine rothaarige Frau erkennen können. Nervös ließ er seinen Blick hin und her schweifen. Hier irgendwo musste sie doch sein!
Währenddessen saßen Judy, Andy, Justus und Peter zusammengedrängt im stickigen Van, dessen Fenster sie vorsichtshalber geschlossen ließen, und blickten nervös auf das Display von Judys Smartphone. Vor wenigen Sekunden hatte die Show begonnen. Forrest Gump hockte auf einer Bank, neben ihm lagen sein Koffer und die Pralinenschachtel. Soeben schwebte in sanften Schwüngen, untermalt von zarter Klaviermusik, eine weiße Feder von oben herab, da begann plötzlich das Licht der Bühnenscheinwerfer zu flackern und schließlich ganz zu erlöschen. In der Halle herrschte nun schummriges Zwielicht und im Publikum setzte erstauntes Gemurmel ein. Eine freundliche Lautsprecherstimme verkündete: »Sehr geehrte Damen und Herren. Wegen eines technischen Defekts muss die Show leider unterbrochen werden. Wir bitten Sie, sich zunächst von unseren anderen Attraktionen begeistern zu lassen, und laden Sie herzlich zur nächsten Show um zwölf Uhr ein. Vielen Dank für Ihr Verständnis.«
So, jetzt muss es passieren!, dachte Bob gehetzt und beobachtete die Besucher, die sich nun von ihren Sitzen erhoben. Dem dritten Detektiv gefror förmlich das Blut in den Adern, als er plötzlich die dunkle Gestalt entdeckte, die links neben der Bühne hinter einem schweren Vorhang hervortrat. Sie trug einen Helm mit verspiegeltem Visier und in ihrer rechten Hand hielt sie einen flachen Gegenstand, den sie nun auf die

Bank mit der Pralinenschachtel richtete. Trotz der Distanz war Bob sicher, dass es sich um eine Fernbedienung handelte! Er war jedoch viel zu weit entfernt, um eingreifen zu können. So blieb ihm nur noch ein verzweifelter Warnruf.

»In Deckung!«

In diesem Moment flog aus der vordersten Reihe ein Gegenstand auf die Maskierte zu und traf sie hart am Handgelenk. Vor Schmerz und Überraschung taumelte sie einen Schritt zurück und ließ die Fernbedienung fallen. Bevor sie sich wieder besinnen konnte, wurde sie von einem Mann überwältigt, der blitzschnell herangeeilt war. Hastig drängte sich Bob zwischen den verwirrten Besuchern hindurch und kam dem unerwarteten Retter zu Hilfe. Provisorisch fesselten sie die Frau mit einer Vorhangkordel.

»Großartige Aktion, Sir!«, rief der dritte Detektiv staunend. »Aber … wer sind Sie eigentlich?«

»Mirco«, erwiderte der Koch schwer atmend, während er die demaskierte und wild strampelnde Lindsay Monaghan mit beiden Armen am Boden hielt. »Ich bin der Koch vom *Gourmet Garden* und ein Freund von Andy. Er hat mich angerufen und von eurem Notfall erzählt. Es durften ja keine Sicherheitsleute in die Halle.«

»Deshalb haben Sie sich unauffällig unter das Publikum gemischt«, folgerte Bob anerkennend.

»Genau. Aber ich hätte mir nicht träumen lassen, dass ausgerechnet ich die Saboteurin zur Strecke bringe.« Ein triumphierendes Lächeln breitete sich über Mr Rays Gesicht aus. »Ich komme mir vor wie Casey Ryback, der kämpfende Koch aus *Alarmstufe: Rot*!«

»Apropos kämpfen«, erwiderte Bob, während die über Funk alarmierten Sicherheitskräfte in die Halle eilten. »Womit haben Sie die Dame eigentlich entwaffnet?«

Grinsend deutete Mr Ray mit dem Kopf auf einen schmalen, silbern glänzenden Gegenstand, der in einiger Entfernung auf dem Boden lag. »Was könnte zur Bezwingung einer ›stählernen Lady‹ besser geeignet sein als mein solider Edelstahl-Gewürzstreuer?«
Kurz darauf war die Lage unter Kontrolle. Ein Elektronik-Experte hatte die Fernbedienung sichergestellt und die präparierte Pralinenschachtel deaktiviert. Sie enthielt eine große Reizgas-Kapsel, die per Fernzündung explodieren sollte. Durch das aggressive Gas wären zahlreiche Menschen verletzt worden, was zweifellos eine Panik im Publikum ausgelöst hätte.
Eine halbe Stunde später befand sich Mrs Monaghan, gemeinsam mit Judy, den drei Detektiven, Andy und Mr Ray, im gläsernen Büro des Parkdirektors, der die Saboteurin mit versteinerter Miene anblickte.
»Du also …«
»Ja, ich!«, rief Mrs Monaghan giftig. »Und wage nicht zu sagen, du wüsstest nicht, warum!«
Es setzte eine kurze Pause angespannten Schweigens ein. Dann räusperte sich Justus und trat einen Schritt vor. »Ihren Worten entnehme ich, dass Sie einander kennen, richtig?«
»Kennen?«, erwiderte Lindsay scharf. »Wir waren ein Paar! Allerdings nur für sechs Wochen – genauer gesagt bis zu dem Tag, als die richterliche Entscheidung zugunsten des Filmparks fiel. Danach hat er mich abserviert wie einen lästigen Teenager!«
Mr Grayston stöhnte abfällig. »Du verdrehst hier doch völlig die Tatsachen, Lindsay!«
»Ach ja? Dann hast du mir also nicht das Blaue vom Himmel heruntergelogen und behauptet, die Sache zwischen dir und mir hätte nichts mit dem Bauvorhaben zu tun?! Und dass du sogar von deinem Anspruch zurücktreten würdest, nur um

unsere Beziehung nicht zu gefährden? Und ich naive Idiotin habe dir geglaubt!«

Sie wandte sich Judy und den Jungen zu. »Ich werde mir nie verzeihen, dass ich arglos mit ihm über unsere Argumente für das Solarhotel-Konzept gesprochen habe. So wusste er genau, wie er am entscheidenden Verhandlungstag vorgehen musste. Er zauberte plötzlich einen uralten Paragrafen hervor, den seine Anwälte ausgebuddelt hatten.«

»Einen Paragrafen?«, fragte Andy verwundert.

»Ja, ein irrsinniges Verbot, auf diesem Gebiet ›außermilitärisch zu nächtigen‹. Kein Mensch kannte dieses Gesetz aus dem vorletzten Jahrhundert noch, aber Grayston konnte sich damit durchsetzen und unser Projekt kippen. Dabei hatte mein Vater die besten Chancen, den Zuschlag zu erhalten. Aber plötzlich war alles aus und vorbei. Von einer Sekunde zur anderen war Dads Traum von einem zukunftsweisenden Solarhotel in Kalifornien zerstört.«

»Da schworen Sie Rache«, erwiderte Peter ernst.

»Ja«, zischte Mrs Monaghan und blickte den Direktor mit hassverzerrter Miene an. »Ich konnte nicht einfach so aufgeben wie mein Vater. Grayston hat mich eiskalt benutzt und dann weggeworfen – dafür sollte er bezahlen!«

»Und weil er Sie damals mit einem verrückten Paragrafen besiegt hat, verwendeten Sie bei Ihren Sabotage-Aktionen ebenfalls irrsinnige Gesetzestexte«, folgerte Bob.

»Ziemlich gewagt«, stellte Justus fest. »Sie mussten ja davon ausgehen, dass der Direktor einen Zusammenhang herstellen würde.«

»Der?«, fragte Lindsay höhnisch. »Ein egoistischer Macho wie Grayston käme niemals auf die Idee, dass eine Ex-Freundin sich an ihm rächen könnte!«

Betroffen schüttelte Judy den Kopf. »Sie wollten Mr Graystons Lebenstraum ruinieren, so wie er zuvor den Traum Ihres Vaters zunichtegemacht hat …«

»Aber haben Sie nie an all die Unschuldigen gedacht, die zu Schaden gekommen sind?«, fragte Mr Ray verständnislos. »Gewalt kann doch niemals eine Lösung sein!«

Schweigend senkte Lindsay den Blick.

»Unabhängig von der moralischen Beurteilung des schändlichen Verhaltens von Mr Grayston wird sich Mrs Monaghan für ihre Taten zweifellos vor Gericht zu verantworten haben«, fasste der Erste Detektiv die Lage zusammen. »Unsere Arbeit ist damit getan. Alles Weitere liegt nicht mehr in unserer Hand.«

»Mannomann …«, murmelte Peter leise. »Das waren wohl die aufregendsten achtzehn Stunden meines Lebens – von Lincoln und Einstein bis hin zu Darth Vader, Tarzan und einem Mantikor. Fehlt eigentlich nur noch –«

In diesem Moment wurde die Tür aufgerissen und Nicky DeLores stürzte mit hochrotem Kopf und wild herumwedelnden Händen herein.

»Herr Direktor, Herr Direktor! Es hat zwar eine Weile gedauert, aber jetzt habe ich den Täter endlich überführt, Irrtum ausgeschlossen! Sie wollen wissen, wer es ist? Okay-okay-okay …« Triumphierend deutete er auf Justus.

»Ganz klar – *er* war's!«